Von der gleichen Autorin erschien außerdem
als Heyne-Taschenbuch

Das Todesparfüm · Band 1524

Joan Aiken
Schatten des Unheils

Roman

Deutsche Erstveröffentlichung

**Wilhelm Heyne Verlag
München**

HEYNE-BUCH Nr. 1940
im Wilhelm Heyne Verlag, München

Titel der englischen Originalausgabe
DIED ON A RAINY SUNDAY
Deutsche Übersetzung von Monika Koch

Copyright © 1961, 1972 by Joan Aiken
Copyright © 1975 der deutschen Übersetzung
by Wilhelm Heyne Verlag, München
Printed in Germany 1975
Umschlaggestaltung: Atelier Heinrichs, München
Gesamtherstellung: Ebner, Ulm

ISBN 3-453-11136-2

Es war ein trostloser Sommer. Bisher hatte es fast ohne Unterbrechung in Strömen gegossen, und es sah auch nicht so aus, als ob sich das in nächster Zeit ändern würde. Traurige Häufchen braunverfärbter Kastanienblüten garnierten die zahlreichen Pfützen in der Einfahrt, und das Gras im Garten des neuen Hauses wurde immer länger und dünner. Im Windfang türmten sich die feuchten Gummistiefel und Sandschaufeln, Eimerchen und Blechförmchen rosteten leise vor sich hin. Nirgendwo im Haus war der Putz richtig trocken, die frische Farbe schwitzte noch immer kleine Wassertröpfchen aus, und die hohe Luftfeuchtigkeit schlug sich als feiner, feuchter Film auf Fußböden und Möbeln nieder. Auch noch so häufiges Wischen änderte nichts daran, daß sich jede Oberfläche bereits nach kurzer Zeit wieder feucht und klamm anfühlte. In der Nacht lag Jane oft stundenlang wach und lauschte dem Trommeln der Regentropfen auf den so sorgfältig ausgesuchten und gedeckten Dachziegeln. Das Geräusch erinnerte sie unwillkürlich an Urwaldtrommeln. Wirklich, das Haus war eine einzige hohle Trommel, in der sich jedes Geräusch, durch keinerlei isolierende Staubschichten in den Ritzen gedämpft, bis zur Unerträglichkeit verstärkte. Die Stimmen schallten unangenehm laut, und harmlose Bemerkungen erhielten unversehens einen unbeabsichtigt wichtigen Unterton.

Mißmutig stapfte der Briefträger jeden Morgen in seinem glänzenden, schwarzen Regenumhang durch die Pfützen der langen Einfahrt und verfluchte sicher im stillen die Schnapsidee der Drummonds, ihr Haus ausgerechnet in die hinterste Ecke des Grundstücks zu bauen, was aber durchaus sinnvoll war, da es an dieser Stelle durch große Bäume fast völlig von der Straße abgeschirmt wurde.

An einem regnerischen Montagmorgen stand Jane auf und lief rasch über die spiegelblanke Holztreppe nach unten, um ihren schönen, neuen Ofen zu schüren. Sie hatte wieder einmal schlecht geschlafen und fröstelte, als der kalte Saum ihres glatten Morgenmantels ihre nackten Beine berührte. Graham schlief noch, ebenso das Baby; nur aus Carolines Zimmer tönte leises Singen.

Verschlafen kroch der siamesische Kater mit Namen Plum aus seinem Körbchen, dehnte und streckte sich einigemal und schmiegte sich dann behaglich schnurrend an Janes Beine. Mechanisch kraulte sie sein weiches, samtiges Fell, während sie sich bückte, um die Post von der Haustürmatte aufzuheben. Wie üblich bestand der ganze Stapel aus Rechnungen, von denen zwei — und das erkannte sie mittlerweile auf den ersten Blick — die Aufschrift *Letzte Mahnung* trugen.

Flüchtig blätterte sie den Stapel durch und bemerkte, daß diesmal ausnahmsweise auch ein richtiger Brief dabei war, und zwar adressiert an sie, an Mrs. Jane Dillon Drummond, Weir View House, Culveden, Kent. Wer, um Himmels willen, konnte ihr schreiben? Doch das war im Augenblick nicht so wichtig, sie würde den Brief nach dem Frühstück lesen.

Entschlossen machte sie sich an die Zubereitung des Porridge, aber ihre Gedanken waren nicht recht bei der Sache. Rechnungen, immer nur Rechnungen. Wovon sollten sie sie bezahlen? Etwas verkaufen? Nein, sie besaßen keine wertvollen Dinge. Ob sie sich wieder eine Arbeit suchen sollte? Nein, Donald war noch zu klein, erst ein halbes Jahr alt. Vor seinem fünften Geburtstag war nicht daran zu denken. Heimarbeit? Besser als gar nichts, aber eben schlecht bezahlt. Und was sie im Augenblick brauchten, war leider eine ganze Menge Geld. Sie wollte gleich heute noch an Folia schreiben! Irgend etwas mußte schließlich passieren. Außerdem blieb ihr ja immer noch die Möglichkeit, plötzlich unverhofft auf der Straße von einem Filmregisseur angesprochen und ›entdeckt‹ zu werden. Und das ausgerechnet in einem Nest wie Culveden!

Der brodelnde Porridge brachte sie wieder in die Wirklichkeit zurück; rasch nahm sie den Topf vom Feuer.

Während des Frühstücks war Graham ungewohnt freundlich, die Rechnungen schien er überhaupt nicht zu bemerken.

»Gestern abend habe ich deinen Freund Tom Roland im Pub getroffen«, sagte er, während er in der Küche auf und ab ging und dabei seinen Porridge aß. Von Zeit zu Zeit blieb er vor einem hübschen Wandregal stehen und betrachtete gedankenverloren das Geschirr und die Gläser, die Jane darin aufbewahrte — und mindestens alle vier Tage abstaubte.

Weshalb war Graham nun schon viermal innerhalb von zwei Wochen im Pub gewesen? Normalerweise trank er doch wegen seines Magengeschwürs fast überhaupt keinen Alkohol.

»Als Freund würde ich ihn ja nun nicht gerade bezeichnen«, antwortete Jane freundlich, während sie Carolines Butterbrot mit braunem Zucker bestreute. »Vor fünf Jahren haben wir einmal einige Monate lang an einem Drehbuch gearbeitet, aber das ist auch alles.«

»Auf jeden Fall erinnert *er* sich noch sehr gut an *dich*. Er wohnt auch hier in Culveden, und zwar in der Brauerei, die die Architekten Wing und Carey für ihn umgebaut haben. Diese Aufgabe hätte mich auch sehr gereizt, das muß ich schon sagen. Tom Roland hat mich eingeladen, mir das Haus bei Gelegenheit auch einmal von innen anzusehen...« Graham unterbrach seine Erzählung und starrte gebannt auf eine Kachel des schwarz und rot gewürfelten Fliesenbodens, während Jane besorgt überlegte, ob Graham nun wohl öfter in den Pub gehen würde.

Aber noch bevor sie diesen Gedanken weiterverfolgen konnte, sprach Graham bereits wieder. Demnach hatte er also keinen Fehler an den nagelneuen Fliesen entdeckt.

»Toms Freundschaft könnte für uns sogar sehr nützlich sein, denn erstens kennt er hier fast jeden, und außerdem bekommt er am Wochenende regelmäßig Besuch von unzähligen Fernsehleuten. Das hat mir Miß Ames erzählt; Tom lädt nämlich seine überzähligen Besucher in ihrer Pension ab. Solche Leute wären genau die richtigen Kunden für mich, die haben doch Geld genug, um sich ein Wochenendhaus zu bauen. Vielleicht kann Tom mir einige Kontakte vermitteln... Jedenfalls habe ich ihn eingeladen, sich unser Haus irgendwann einmal genau anzusehen.«

Verflixt, dachte Jane. Das sollte also, mit anderen Worten, heißen, daß das gesamte Haus immer tadellos in Ordnung sein mußte, wollte sie nicht laufend ›Stell dir nur mal vor, Tom käme jetzt überraschend zur Tür herein‹ hören.

Warum, um alles in der Welt, habe ich mich nur dazu überreden lassen, unsere schöne Stadtwohnung aufzugeben und ausgerechnet hierher zu ziehen? Hatte Graham damals schon gewußt, daß Tom Roland hier wohnte, und hatte er deshalb so energisch darauf bestanden, sein Haus ausgerechnet hier zu bauen, weil er sich von ihrer flüchtigen Bekanntschaft mit Tom Roland gute Kontakte und berufliches Fortkommen versprach?

Jane hatte oft genug vergeblich versucht, die Motive für Grahams Handlungen zu erkennen. Er gab sie nur ungern preis, wartete lieber, bis sich die Dinge von selbst klärten, oder war nur unter gewissem Druck zu Eingeständnissen bereit. Leidenschaftslos, fast gleichgültig beobachtete Jane ihren Mann. Nach sechs Ehejahren hatte sie eine gewisse Sachlichkeit erworben und mußte zugeben, daß zumindest äußerlich nichts an Graham auszusetzen war. Er war schlank, dunkelhaarig und sah wirklich ausgesprochen gut aus.

Im Augenblick stand er am Fenster und blickte mißmutig auf seinen gepflegten Rasen, der durch den dauernden Regen immer dünner und länger wurde.

»Haben wir Bananen im Haus?« fragte er plötzlich.

»Nein. Warum?«

»Ich würde gern eine essen.«

»Jetzt?«

Das war ja das allerneueste! Bisher hatte Graham nie etwas anderes als Porridge, Tee und ein Vier-Minuten-Ei zum Frühstück gegessen. Jane hätte es nie gewagt, ihm irgendwelche Abwechslungen zuzumuten, da sie genau wußte, daß er ein solches Ansinnen als wahrhaft unbritisch, ja geradezu barbarisch empfunden hätte.

»Tom erzählte mir, daß er jeden Morgen drei Bananen ißt.«

Immer nur Tom! Kommt er jetzt etwa auch noch zum Frühstück? Sie gab Graham sein Ei und seinen Toast und setzte sich, um ihren Brief zu lesen. Sofort erspähte Plum die Gelegenheit und sprang auf ihren Schoß, wo er sich behaglich schnurrend zusammenrollte. Dieses Schnurren klang ganz ähnlich wie das entfernte Dröhnen des Stauwehrs, das Tag und Nacht alle anderen Geräusche der näheren Umgebung begleitete.

»Na so was!«

»Wie bitte?« Grahams Stimme klang interessiert.

»Der Brief ... Er ist von der Folia-Filmgesellschaft. Gerade heute morgen habe ich noch an sie gedacht! Sie möchten, daß ich einige Monate lang aushelfe, weil Sandy Wilshaw wegen einer Nierengeschichte für einige Zeit ausfällt. Sie kamen auf mich, weil ich schließlich so lange dort gearbeitet habe und mich in allem gut auskenne. Es geht um eine Dokumentation über englisches Porzellan. Das Material ist bereits zusammengetragen, ich muß also nur noch das Skript verfassen. Sie bieten mir dreihundert Pfund. Trotzdem, ich kann einfach nicht.«

Dreihundert, dachte sie. Die Kohlenrechnung, die Gasrechnung, die Umzugsrechnung, die Telefonrechnung, der Kaufmann, die Autowerkstatt, Kleider für die Kinder und vielleicht sogar noch eines für mich, vorausgesetzt die Sonne scheint überhaupt noch einmal!

»Kannst du die Sache denn nicht zu Hause schreiben? Das Material ist doch bereits vorhanden.« Graham war plötzlich ganz bei der Sache.

»Nein, Folia legt Wert darauf, daß das Thema nicht einfach abgehandelt, sondern in Besprechungen immer wieder diskutiert und dann erst endgültig formuliert wird.«

»Ja, dann hilft es nichts, dann mußt du eben jeden Tag hinfahren. Donald ist ja inzwischen ein halbes Jahr alt und kerngesund, und du könntest wirklich allmählich mit dem Stillen aufhören. Schließlich gibt es ja auch noch Flaschen.«

Jane bemühte sich, einen klaren Gedanken zu fassen, aber das war gar nicht so einfach, denn sämtliche psychologischen Probleme und Schlagwörter in puncto Kindererziehung geisterten plötzlich durch ihr Gehirn. Aber wenn sie ganz ehrlich war, mußte sie sich fragen, was einem Baby wohl mehr schaden würde, die Abwesenheit der Mutter für einige Stunden am Tag oder eine Mutter, die vor Geldsorgen nicht mehr aus noch ein wußte.

Donald war wirklich ein kräftiges Kind mit einem großen Schlafbedürfnis. Ihm würde es sicher kaum etwas ausmachen. Viel mehr Sorgen machte Jane sich um Caroline ...

»Außerdem«, begann sie und klammerte sich dabei an den letzten Strohhalm, »außerdem kennen wir hier keine Menschenseele außer Miß Ames, und die hat selbst genug zu tun. Die Pension und das kleine Café nehmen sie voll in Anspruch. Woher sollen wir also in der kurzen Zeit jemanden bekommen?«

»Das ist doch das allerkleinste Problem. Wahrscheinlich kann uns sogar Miß Ames jemanden empfehlen. Es gibt doch überall Frauen, die sich gern eine Zeitlang ein Taschengeld dazuverdienen möchten.«

Irgend jemand ist mir nicht genug, dachte Jane, während sie Carolines Mund abwischte, ihr das Lätzchen abnahm und sie vom Stuhl hob.

»Lauf schon nach oben, Liebling, ich komme gleich nach.«

»Und finanziell ist die Sache dann auch kein Problem«, sagte Graham.

Und an die Rechnungen denkst du wohl überhaupt nicht, fauchte sie innerlich.

»Eigentlich kommt das wie gerufen«, fuhr Graham fort. »Ich wollte dir nämlich gerade erzählen, daß ich gestern abend die große Mähmaschine von Tom Roland gekauft habe. Für zweihundert. Außerdem schulde ich dem alten Saunders im Büro noch eine Kleinigkeit. Ich mußte mir in der letzten Woche Geld von ihm borgen, weil ich ziemlich knapp bei Kasse war.«

Jane hatte sich bereits so sehr an dieses hoffnungslose, elende Gefühl gewöhnt, daß sie in aller Ruhe noch einen Schluck Kaffee trank, bevor sie antwortete: »Du hast eine Mähmaschine gekauft? Warum? Ist unsere alte denn kaputt?«

»*Warum?*« Graham schien so viel Naivität gar nicht fassen zu können. »Darf ich dich daran erinnern, daß wir ein riesiges Grundstück besitzen mit ebenso riesigen Rasenflächen, und willst du mir vielleicht jetzt bitte erklären, wie du mit einem so alten und kleinen Mähmaschinchen einen perfekten Rasen zaubern willst? Muß ich dir denn immer wieder sagen, daß dieses Haus ein Aushängeschild ist? Ich muß meinen Kunden doch etwas zeigen können!«

Die Schulden zumindest würden diese Leute sicher tief beeindrucken.

»Aber ich kann überhaupt nicht mit einer Mähmaschine umgehen«, sagte Jane ruhig. »Unser alter Motormäher hatte genau die richtige Größe für mich, und schließlich bin ich es ja, die diese Arbeit macht.«

»Mein liebes Kind«, sagte Graham jetzt ungeduldig, »vergiß endlich den alten Mäher. Außerdem wirst du in Zukunft diese Arbeit nicht mehr machen. Miß Ames sagte mir, daß die Leute schon darüber reden. Tom hat an zwei Tagen in der Woche einen Gärtner, der wird auch noch unseren Garten übernehmen. Er kommt in den nächsten Tagen vorbei, um alle Einzelheiten zu besprechen.«

Und wie sollen wir das alles bezahlen? dachte Jane, aber sie sagte nichts. Schweigend räumte sie das Geschirr ab und bereitete den Brei für das Baby zu. Sie hatte inzwischen gelernt, in bestimmten Situationen den Mund zu halten.

»Daß ich nicht eher darauf gekommen bin!« rief Graham plötzlich. »Dieser Gärtner hat auch eine Frau. Sie hilft manchmal bei Tom aus, wenn er sehr viele Gäste hat. Vielleicht ist sie bereit, auf die Kinder aufzupassen. Vielleicht hat sie sogar selbst ein Kind, das sie mitbringen kann. Wir können es uns einfach nicht leisten, auf diese dreihundert Pfund zu verzichten. Am besten schreibst du gleich, daß du das Angebot annimmst. Wann sollst du eigentlich anfangen?«

»Am Ersten des nächsten Monats.«

»Wie schön! Dann bleibt ja noch genug Zeit. Als erstes werde ich diesen Unkrautjäger fragen, und sicher ist es auch nicht falsch, einmal im Pub herumzuhören, ob jemand eine Frau für uns weiß. Du kannst auch noch Miß Ames fragen. So, jetzt muß ich aber los. Ich habe viel zu tun. Wahrscheinlich wird es wieder etwas später...«

Er stand auf, richtete seine erstklassige Krawatte, um erstklassig aussehend in seinem erstklassig eingerichteten Büro zu sitzen. Er beugte sich über Jane und küßte sie aufs Ohr, während sie auf den Stapel ungeöffneter Briefe starrte.

Im Windfang blieb Graham einen Augenblick stehen, streichelte stolz über den Kopf seines kleinen Sohnes, der dort im Wagen lag und schlief, warf einen kurzen, kritischen Blick über den großen Garten und verschwand dann in Richtung Garage.

Jane blieb noch einige Minuten sitzen, bevor sie sich mit Schwung ihren vielen häuslichen Pflichten widmete.

Nachdem Donalds Zehn-Uhr-Mahlzeit beendet war, hielt sie ihn noch eine Weile im Arm und betrachtete nachdenklich das kleine, zufriedene Gesicht mit den dicken Backen und dem letzten Milchtröpfchen an der Lippe. Als sie Donald einige Minuten später wieder in sein Bettchen im Windfang legte, seufzte der kleine Kerl wie ein Erwachsener. Sofort ballte er die Fäustchen und legte sie an ihren angestammten Platz, eines rechts und das andere links von seinem Gesicht. Lächelnd deckte Jane ihn zu und befestigte auch noch das Regenverdeck auf dem Wagen, damit Donald sich nicht freistrampeln konnte. Dicke Regentropfen rannen an den großen Fensterscheiben entlang, sonst war alles ruhig. Sogar die Vögel hatten wohl etwas Besseres zu tun als zu singen.

In einem Büro würde jetzt gerade die Post ankommen, Besprechungen würden abgehalten, Telefone würden läuten, und Kaffee würde getrunken ... Plötzlich kniete sich Jane neben das Bettchen und legte ihren Kopf neben den ihres Babys auf das Kissen.

Kurz danach stand sie entschlossen auf und ging ins Haus. Sie mußte noch die Betten machen, Donalds Wäsche waschen und die Einkaufsliste schreiben. In der Küche war Caroline mit Eifer dabei, kleine Fadenrollen in einer großen Schüssel mit Wasser schwimmen zu lassen, und schien gar nicht zu merken, daß ihr Pullover bereits völlig durchweicht war.

Während Jane die Wäsche aus der Schleuder nahm, hatte sie Zeit zum Nachdenken. Also gut, wenn dieser Gärtner schon hier arbeiten soll, dann muß er als erstes diesen Zaun am hintersten Ende des Gartens reparieren. Bisher ist Caroline noch nie dort hinten gewesen, aber früher oder später wird sie schon auf Entdeckungsreisen gehen. Der Zaun sieht zwar noch halbwegs ordentlich aus, aber die Hälfte der Pfähle sind schon bedenklich morsch und verfault und bieten kein allzu großes Hindernis für ein neugieriges Kind. Ich muß unbedingt verhindern, daß Caroline an dieser Stelle hinausläuft, denn das Stauwehr liegt nur zwei Felder weiter. Es ist einfach zu gefährlich.

Jane rollte die Maschine in ihre Ecke, dann inspizierte sie die

Speisekammer, stellte die Einkaufsliste zusammen und zog schließlich sich selbst und Caroline zum Einkaufen um. Und Donald? Nein, sie würde ihn einfach zu Hause lassen. Bekannte würden nicht kommen, denn sie hatten hier noch keine, und außerdem würden sie und Caroline ja schon in zehn oder zwölf Minuten wieder zurück sein.

Culvedens Hauptstraße schlängelte sich wie ein kleiner Fluß einen sanft geschwungenen Hügel hinunter, kleine Häuschen und dicke Bäume standen auf beiden Seiten, und ab und zu hingen kleine Rauchwolken über den Kaminen. An diesem unfreundlichen Morgen war die Straße wie ausgestorben, und deshalb sah Jane den Mann, der ihnen entgegenkam, genauer an.

Ach, du Schreck, nichts wie weg. Entschlossen faßte sie Caroline an der Hand und zog sie quer über die Straße zum Postamt. Intensiv wie nie betrachtete sie die alten ausgetretenen Stufen und den hübschen roten Briefkasten. Sie hoffte auf das Unmögliche, bis sie plötzlich bei dem Klang der Stimme stehenblieb.

»Janey! *Janey!*«

»Da ruft jemand nach dir, Mami!« rief Caroline ungeduldig und neugierig.

»Oh, guten Tag!« sagte Jane und schaute dem Mann ins Gesicht.

»Hast du mich denn nicht wiedererkannt?«

»Doch, aber ich dachte nicht, daß du *mich* noch erkennen würdest.«

Tom Roland sah lächelnd auf Jane herab. Wirklich, er war ungeheuer groß! Jane hatte fast vergessen, wie groß er war und vor allem auch, wie gut er aussah mit seinen dunklen Wuschelhaaren, seinen lebendigen Augen, seinen sehr romantischen Gesten und der Pfeife, die, zur großen Freude seiner unzähligen Fernsehzuschauer, immer wieder ausging.

Während er eben diese Pfeife an der Mauer des Postamts ausklopfte, hatte Jane Zeit, sich zu fassen. Verflixt, sie hatten schließlich nur etwa zwei Monate gemeinsam gearbeitet, außerdem war die Geschichte bereits mindestens fünf Jahre her. Es bestand also überhaupt kein Grund zur Aufregung.

»Du hast dich überhaupt nicht verändert«, sagte Tom Roland

und steckte die Pfeife in die Tasche, während er Jane bewundernd ansah. »Erinnerst du dich auch noch so gut an damals? An den Tag, als wir bei einem scheußlichen Ostwind neben einer Eisenbahnlinie festsaßen und nicht weiterarbeiten konnten, weil irgend etwas fehlte? Damals flüchteten wir uns in einen Viehwagen und spielten Karten, obwohl wir nur neunundvierzig Karten hatten und uns davon zu guter Letzt auch noch zwei in einen Wassertank geweht wurden.«

»Ich sehe noch alles vor mir!«

Tom Roland mußte ein sagenhaftes Gedächtnis haben, denn in der Zwischenzeit hatte er sicher eine ganze Reihe ebenso hübscher Erlebnisse gehabt.

»An diesem Tag drehten wir bis kurz vor elf und stärkten uns anschließend in einem Pub mit Kakao und Rum, wobei wir alberne Gespräche über die Dinge, die wir am allerwenigsten leiden mochten, führten. Dir fiel zuerst die Wäscheleine ein, und ich beschrieb blumenreich diesen fürchterlich matschigen Käse, der in einer absolut einbruchsicheren Verpackung aus Silberfolie steckt.«

Das darf doch nicht wahr sein, dachte Jane. Sie erinnerte sich noch an jede Einzelheit. Glücklicherweise war dieser Tag der letzte Drehtag gewesen, und sie hatte sich danach gern wieder in die sicheren Gefilde der Büroräume der Folia-Filmgesellschaft zurückgezogen. Jane war gerade jung verheiratet gewesen, und deshalb hatte ihr die leise Wehmut, mit der sie auch heute noch an diese hübsche Unterhaltung dachte, damals besonders zu schaffen gemacht. Weshalb ging Graham diese Leichtigkeit nur so ab? Sie konnte sich lebhaft vorstellen, wie er sich verständnislos erkundigt hätte, wieso sie eigentlich das harmlose Wort *Wäscheleine* nicht leiden konnte.

Tom Roland hatte noch einige Versuche unternommen, sie zum Essen oder ins Kino einzuladen, aber aus Angst vor einem Wiedersehen hatte sie immer neue Ausreden erfunden, bis Tom dann schließlich aufgegeben hatte. Von allem hatte Graham kein Wort erfahren, denn er hätte es sogar fertiggebracht, Tom einzuladen und seine wachsende Berühmtheit als Aushängeschild für sein eigenes Architekturbüro zu benutzen.

Tom Roland war eines von Grahams bevorzugten Gesprächsthemen, weil er auf diese Weise vielen Leuten imponieren konnte. »Meine Frau hat damals zusammen mit Tom Roland an diesem Film über die Architektur der englischen Bahnhöfe gearbeitet; Sie kennen ihn vielleicht vom Fernsehen, ja, *der* Tom Roland, übrigens ist er auch ein ganz ausgezeichneter Experte für modernes Design. Meine Frau kennt ihn recht gut.«

Jane war diese Wichtigtuerei sehr peinlich gewesen, und deshalb war sie richtig erleichtert gewesen, als Tom, kurz nachdem sie wegen ihrer ersten Schwangerschaft aufgehört hatte zu arbeiten, für einige Zeit nach Kopenhagen gefahren war.

»Hier in der Stadt wohnt übrigens ein Prachtexemplar der Gattung Mensch, die du, wenigstens damals war es so, nicht leiden kannst, Janey! Als ich sie das erstemal sah, mußte ich sofort an unsere Unterhaltung denken. Erinnerst du dich noch? Sie ist klein, hat Kringellöckchen, stechende Augen und einen verkniffenen Gesichtsausdruck, außerdem trägt sie immer nur Jerseykostüme. Hätte ich deine Adresse gehabt, hätte ich dir sofort geschrieben und dich zu einer Besichtigung eingeladen. Aber jetzt muß ich mir etwas einfallen lassen, du mußt sie unbedingt sehen.« Plötzlich unterbrach er sich und wandte sich an Caroline, die ihn die ganze Zeit über interessiert beobachtet hatte: »Guten Tag, ich bin Tom, und wer bist du?«

Außer ihrem hübschen, ernsten Gesichtchen und dichten, dunklen Locken, die unter der Kapuze des orangefarbigen Regenmantels hervorsahen, konnte man ohnehin nichts von Caroline entdecken, aber auch das Wenige hätte sie jetzt am liebsten versteckt. »Wer ist dieser Mann?« erkundigte sie sich schüchtern bei ihrer Mutter.

»Er ist ein alter Freund von mir, Schätzchen.«

»Er ist doch noch nicht alt«, bemerkte Caroline kritisch.

Tom lachte leise. »Sie ist ja reizend, nur deine schönen blonden Haare hat sie nicht geerbt. Dabei fällt mir ein, daß ich gestern abend im ›Schwan‹ deinen Mann kennengelernt habe. Trotzdem kann ich mir einfach nicht vorstellen, daß ihr beide miteinander verheiratet seid. Demnach warst du auch damals schon verheiratet. Darauf wäre ich nie gekommen. Übrigens, ich habe direkt ein wenig ein schlechtes Gewissen, daß ich deinem Mann meinen alten Mäher verkauft habe, aber als er hörte, daß ich ihn verkaufen wollte, hat er mich richtiggehend gebeten, ihm das alte Ding zu überlassen. Normalerweise ist es ja nicht meine Art, jedem neuen Bekannten gleich meinen ganzen Hausrat anzubieten. Ich bin nur froh, daß das Monstrum wenigstens noch funktioniert.«

»Du brauchst dir wirklich keine Gedanken zu machen«, sagte Jane. »Graham ist überglücklich, eine Mähmaschine von Tom Roland zu besitzen, denn er glaubt immer noch, daß er seinen Kunden mit solchen Kinkerlitzchen imponieren kann.«

Schon als sie diesen Satz aussprach, bereute sie ihn zutiefst. Nein, das hatte sie nicht sagen wollen!

»Es tut mir leid. Es war unüberlegt und gemein. Wir brauchen wirklich einen neuen Rasenmäher. Unser alter hat allmählich ausgedient, und einen neuen können wir uns so kurz nach dem Einzug einfach noch nicht leisten.«

»Ich hoffe, wir werden gute Nachbarn, Janey. Oder Freunde?«

»Aber natürlich ... natürlich sind wir Freunde.«

Zu ihrer großen Freude breitete sich ein freundliches, irgendwie erlöst wirkendes Lächeln auf Toms Gesicht aus.

»Trotzdem muß ich jetzt auf dem schnellsten Weg nach Hause«, sagte Jane. »Das Baby schläft in seinem Wagen im Windfang. Ich konnte ja nicht ahnen, daß ich dich treffen würde. Außerdem weißt du bestimmt auch, wie die Leute in einer kleinen Stadt sind: Sie sehen und hören alles. In ihren Augen bin ich eine Rabenmutter, die ihr Baby in unverantwortlicher Weise allein läßt. Ich wette, sie überlegen bereits, ob sie sich an die Fürsorge wenden sollen!«

»Du hast wirklich eine unwahrscheinliche Fantasie, Janey! Wie früher.«

Als sie sich verabschiedeten, bemerkte Jane, daß irgend jemand sie durch das beschlagene Fenster des Postamts beobachtete. Kleine, böse Augen starrten durch die Scheibe.

Pünktlich zum Mittagessen kam Tim McGregor nach Hause, warf seine uralte, abgetragene Militärmütze — die zu tragen er eigentlich überhaupt kein Recht hatte — mit gezieltem Schwung auf den Fernsehapparat und ließ sich dann in seinen Schaukelstuhl plumpsen. Die dicken Kissen hatten im Lauf der Zeit seine

Körperformen angenommen und paßten sich ihm wie ein Gipskorsett an. Ungeduldig wartete er darauf, daß Myfanwy die Kartoffeln hereinbrachte, denn er hatte ihr etwas Wichtiges zu erzählen.

Ihr kleiner Bungalow stand etwas abseits, unten im Tal am Ende des kleinen Städtchens, wo der Boden bereits bedenklich feucht war. Der Bau stammte noch aus der Zeit zwischen den Kriegen, in der die Baubestimmungen noch nicht allzu streng gewesen waren, was zur Folge gehabt hatte, daß die Wände viel zu dünn geraten und das Mauerwerk überhaupt nicht gegen Feuchtigkeit abgedichtet waren. Niemand, der auch nur ein wenig auf seine Gesundheit bedacht war, hätte länger als eine Woche darin gewohnt. Außerdem bestand die Gefahr, daß das Häuschen bei kräftigem Hochwasser, das auch von dem Stauwehr nicht mehr gebändigt werden konnte, von der Umwelt abgeschnitten würde.

Die niedrige Miete war sicher der einzige Grund dafür, daß die McGregors schon seit einigen Jahren dort wohnten — oder besser: hausten. Dichte Büsche ließen fast kein Tageslicht ins Haus, und dem Besucher schlug ein schrecklicher Geruch nach muffiger Feuchtigkeit und angebrannten Kartoffeln entgegen.

Das einzige wirklich saubere Stück in diesem Haus war die kleine Susan, die, angetan mit einem rosa Organdykleid, weißen Strümpfen, roten Spangenschuhen und zwei rosa Plastikschmetterlingen im Haar, unbeweglich auf ihrem hohen Stuhl saß und ins Nichts starrte. Vor vier Jahren war die kleine Zweijährige ein beliebtes Fotomodell gewesen. Sie war bei einem Schönheitswettbewerb einer Seifenfirma, bei dem das süßeste Baby gesucht wurde, entdeckt worden. Dazu hatte ihre Mutter ein Foto zusammen mit dem Einwickelpapier der Seife einschicken müssen.

Ein Traum war Wirklichkeit geworden. Ein Jahr lang strömte Geld ins Haus, Susans Gesichtchen erschien auf den Titelseiten der Frauenzeitschriften, im Fernsehen, auf Reklamewänden und sogar auf den Verpackungen für Babynahrung. Aber nach einem Jahr hatte sich Susans bezaubernde Natürlichkeit in eine gewisse Starre verwandelt, sie war überernährt, und ihr Gesicht war so ausdruckslos wie ein Pudding. Plötzlich wollte keine Werbegesellschaft mehr etwas von ihr wissen, was Susans Mutter jedoch nicht glauben mochte. Sie ließ noch immer regelmäßig Aufnahmen von Susan machen, ging mit ihr zum Friseur und sandte die Bilder weiterhin unverdrossen an die Agenturen, die aber nicht einmal mehr antworteten.

»Beeil dich doch ein bißchen, Myfanwy! Ich kann doch nicht den ganzen Tag hier vertrödeln«, rief McGregor ungeduldig.

Wortlos brachte Myfanwy das Essen herein. Mit zusammengepreßten Lippen stellte sie die Kartoffelschüssel auf den Tisch, ohne ihren Mann dabei anzusehen. Sie war eine kleine, zierliche Frau mit rundem Gesicht, dünnen, verkniffenen Lippen und vorstehenden Zähnen. Ihren flinken, blaßgrauen Augen entging nichts. Tagaus, tagein trug sie die gleichen Kleider, abwechselnd in einem dunklen Blau und einem undefinierbaren Braunton. Man konnte sich kaum vorstellen, daß jemand diese Gewänder wirklich mit voller Absicht erstand.

»Soll ich dir mal was erzählen, Myfanwy?« fragte Tim, während er sich auf einem Hocker am Tisch niederließ.

Myfanwy antwortete nicht, sondern fuhr fort, auf Susans Teller die Kartoffeln und Erbsen zu zerdrücken und mit etwas Margarine zu vermischen. Ich habe, weiß Gott, genug Sorgen, belästige mich nicht auch noch mit deinem Geschwätz, schien ihr verkniffener Mund sagen zu wollen. Du kannst mir sowieso nichts Neues mehr erzählen.

»Rate mal, wer das neue Haus oben auf dem Copse-Hügel gebaut hat und dort wohnt?« McGregor lachte leise, fast genüßlich und zufrieden, wie eine Katze, die aus ihrem Versteck in der Küche beobachtet, wie die volle Sahneschüssel auf den Tisch gestellt wird. »Und das Komischste ist, daß mich Tom Roland dort auch noch als Gärtner empfohlen hat. Rate doch mal, wer so fein ist, daß er einen Gärtner braucht?«

»Woher soll ich denn das wissen?« fragte Myfanwy ungeduldig und reichte ihm mürrisch seinen Teller.

Und dann sagte er ihr, wer oben auf dem Copse-Hügel wohnte.

Obwohl es noch nicht einmal fünf Uhr war, wurde es schon so dämmerig, daß Jane überall im Haus die Lichter anknipste. Das grenzte zwar fast an Verschwendung, aber ohne Licht wirkte das

Haus bei diesem traurigen Wetter richtig öde und trübsinnig. Um die Stimmung ein wenig zu verbessern, legte Jane eine lustige Liederplatte für Caroline auf. Zufrieden sah sie sich daraufhin in ihrem Wohnzimmer um, musterte kritisch die naturfarbenen Vorhänge, den hellen Teppich und die blaßgrünen Wände, die durch die vielen grünen Büsche und Bäume vor den französischen Fenstern nur noch intensiver zur Geltung kamen. Irgendwie fühlte sich Jane in diesem Haus von der Umwelt abgeschnitten, wie in einem Aquarium, und es hätte sie überhaupt nicht verwundert, wenn plötzlich ein Fisch vorbeigeschwommen wäre.

Nach einer Weile entschloß sie sich, endlich nach oben zu gehen und ihren Kleiderschrank in Augenschein zu nehmen. Vielleicht konnte sie ja noch einige ihrer alten Bürokleider gebrauchen, aber der Anblick war deprimierend: Fast alle Kleider waren viel zu lang und schrecklich altmodisch, außerdem paßten die Kostümjacken farblich überhaupt nicht mehr zu den natürlich viel öfter getragenen Röcken.

Nachdem Jane die Sachen wieder einsortiert hatte, ging sie zum Fenster und blickte hinaus. Regenschauer klatschten an die Scheiben, und die Bäume bogen sich im Wind. Plötzlich bemerkte Jane ganz vorne am Eingangstor eine Gestalt. Warum kam Graham so früh nach Hause? Was war mit dem Auto passiert? In der letzten Zeit hatte er doch immer so lange an dem Hasting-Projekt gearbeitet. Was war wohl geschehen?

Jane rannte nach unten, sammelte hastig Carolines Spielsachen vom Küchenboden auf und legte die Magazine, aus denen Caroline Bilder ausgeschnitten hatte, wieder auf einen Stoß zusammen. Vergeblich wartete sie darauf, endlich Grahams Schlüssel im Schloß zu hören. Hatte er ihn etwa verloren? Als sie gerade die Haustür öffnen wollte, hörte sie ein leises Klopfen an der Hintertür.

»Das ist ja das allerneueste«, sagte Jane, während sie öffnete. »Seit wann kommst du denn ... Entschuldigen Sie bitte, ich dachte, es sei mein Mann. Kommen Sie doch bitte herein ins Trockene!«

In ihrer Verwirrung begrüßte sie den Fremden herzlicher, als sie es sonst getan hätte, wenn sie Zeit genug gehabt hätte, ihn sich näher anzusehen. Flüchtig bemerkte sie, daß er sehr dünn war, richtig ausgemergelt. Ein schwarzer Regenmantel schlotterte um seine Gestalt, eine Kappe bedeckte seine dunklen Haare fast völlig, und die schwarzen, eng zusammenstehenden Augen sahen nicht sehr vertrauenerweckend aus. Plötzlich bemerkte Jane einen scharfen Geruch. Was war das? Schweiß? An einem so kühlen, feuchten Abend?

Der Mann hatte inzwischen seine Mütze abgenommen und hielt sie in der Hand. »Guten Abend, Madam.«

Er sprach eindeutig mit schottischem Akzent, und seine Stimme klang so sanft und leise, daß sie selbst in dieser hellhörigen Küche kaum zu verstehen war. »Ist Mister Drummond zu Hause? Ich komme im Auftrag von Mister Roland. Er sagte mir, daß Mister Drummond einen Gärtner braucht und sich einmal mit mir unterhalten will.«

»Ach so«, sagte Jane, »Sie sind also ...« Sie zögerte. Sie wußte ja nicht einmal seinen Namen, und außerdem paßte ein so ordentlicher, solider Beruf überhaupt nicht zu diesem Mann. Sie hatte sich unter einem Gärtner immer einen alten Mann mit weißem Bart vorgestellt, der sich die Hosenbeine mit Bast hochband.

»Ich heiße McGregor, Madam.«

Er machte eine Pause. Jane war immer noch mißtrauisch, obwohl dieser Name ihr schon viel besser zu einem Gärtner zu passen schien.

»Mister Roland sagte, daß Mister Drummond jemand braucht, der sich regelmäßig um den Garten kümmert.«

Irgendwie brachte er es fertig, in einem ganz normalen Satz seine Verachtung für diese Art von Arbeit auszudrücken.

»Ja«, sagte Jane, »das stimmt. Aber ich fürchte, daß mein Mann erst gegen sechs nach Hause kommen wird.«

Es war ihr unmöglich, diesen Mann freundlich anzulächeln. Erstens hatte sie noch immer nicht verstanden, weshalb sie einen Gärtner anstellen mußten, den sie sich eigentlich überhaupt nicht leisten konnten, und zweitens krochen ihr beim Anblick dieser stechenden Augen kalte Schauer über den Rücken. Es war sicher sehr dumm von ihr, aber sie fühlte sich instinktiv abgestoßen. Wachsam, wie ein Schäferhund seine Herde, betrachtete sie diesen Mann, der unbeholfen mitten in ihrer warmen, gemütlichen Küche stand, die Mütze in den Händen drehte, kaum einmal aufsah und nicht zu wagen schien, auch nur einen Schritt zu tun aus Angst, die frisch gewachsten Kacheln zu beschmutzen. Er wirkte sehr unbeholfen, aber trotzdem hatte Jane das Gefühl, daß er die Einrichtung sehr genau gemustert und ihren Wert abgeschätzt hatte.

In diesem Moment verstummte der Pattenspieler, und Caroline kam in die Küche. »Mami?« Sie hatte einen silbernen Kerzenleuchter in der Hand, der zur Zeit ihr bevorzugtes Spielzeug war und den sie vor kurzem auf den Namen Henry getauft hatte. »Mami, die Platte ist abgelaufen.«

»Ich komme gleich und drehe sie um. Kannst du inzwischen den Schalter ausknipsen, Liebling?« Jane hatte das Gefühl, als müßte sie ihre Tochter mit allen Mitteln von diesem Fremden fernhalten.

»Ihre kleine Tochter?« fragte McGregor respektvoll. »Sie ist wirklich ein hübsches Mädchen.« Er sah Caroline bewundernd an, aber Jane glaubte auch noch ein gewisses Glitzern in seinen Augen bemerkt zu haben. Nein, wirklich, sie mußte aufhören, solche Sachen zu denken, und endlich vernünftig werden. Was sollte sie also tun? Sie mochte diesen Fremden nur ungern allein in der Küche lassen, aber es wäre ja unmenschlich, ihn bei diesem Wetter wieder fortzuschicken, außerdem mußte Graham ja wirklich bald nach Hause kommen. Es half nichts, sie mußte ihn jetzt allein lassen und erst einmal Caroline ins Bett bringen.

»Setzen Sie sich doch bitte«, sagte sie so freundlich wie möglich. »Mein Mann muß wirklich bald kommen.«

»Nein, danke, ich stehe lieber, Madam.«

Hatte er etwas gegen die Stühle? Aber nein, er wollte sicher nur höflich sein, denn sein Mantel war ja tropfnaß.

»Oh, da kommt mein Mann ja gerade!« sagte sie wie erlöst, als sie das Zufallen der Garagentür und dann Grahams Schritte vor der Haustür hörte. Sie lief ihm entgegen und zog die Küchentür dabei hinter sich zu.

»Der Mann, den Tom Roland geschickt hat, ist hier drin«, flüsterte sie bedeutungsvoll.

»Wunderbar«, sagte Graham erfreut und hängte seinen Mantel an den Haken. Und mit einem Blick durch die Glasscheiben der Haustür fügte er hinzu: »Im Augenblick kann er ja nicht allzuviel tun, aber ich werde mich schon einmal mit ihm unterhalten und alle Einzelheiten besprechen. Hast du ihn schon gefragt, ob seine Frau vielleicht auf die Kinder aufpassen würde, während du bei Folia arbeitest?«

»Nein, daran habe ich überhaupt nicht gedacht«, sagte sie ausweichend. »Er ist ja gerade erst gekommen. Frag du ihn doch.«

Während Graham in die Küche ging, scheuchte Jane Caroline nach oben und ließ das Badewasser einlaufen. Sie war froh, daß sie nicht mitanhören mußte, welchen Lohn Graham mit McGregor vereinbarte.

Als Caroline frisch gebadet in ihrem Bettchen lag und Jane noch immer Stimmengemurmel aus der Küche hörte, ging sie ins Schlafzimmer, legte sich aufs Bett und begann zu lesen. Auf gar keinen Fall wollte sie diesem Menschen heute noch einmal begegnen.

Endlich, nach einer ganzen Weile, verstummten die Stimmen, und sie hörte, wie die Hintertür geöffnet und wieder geschlossen wurde. Steif erhob sie sich und lief nach unten, um das Abendessen vorzubereiten. Graham stand am Küchenfenster und starrte McGregor nach, der in der Dämmerung in der Einfahrt fast nicht mehr zu erkennen war.

»Sag«, begann sie ganz beiläufig, »hast du ihn gefragt, ob seine Frau kommen würde?«

Langsam wandte Graham sich um, er schien mit seinen Gedanken ganz woanders zu sein. Erst allmählich löste sich die Starre, dann sagte er: »Oh ... ja, das ist alles geregelt. Seine Frau kommt jeden Morgen um Viertel nach acht, ab nächsten Ersten. Außerdem haben sie ein Kind, ein sechs Jahre altes Mädchen. Ich habe ihm angeboten, daß das Kind mitkommen kann.«

»Ja, natürlich. Caroline und die Kleine können dann wunderbar miteinander spielen. Eine kleine Freundin wird Caroline die Sache leichter machen.« Jane tat so, als freute sie sich, aber in Wirklichkeit sank ihr Herz immer tiefer.

Entschlossen knipste sie das Licht an, nahm eine Pfanne aus

dem Schrank und wollte sie gerade auf den Herd stellen, als ihr Blick zufällig auf Grahams Gesicht fiel. Erschrocken rief sie: »Liebling, du siehst ja so schlecht aus! Ist dir nicht gut?«

»Ich bin ziemlich abgearbeitet«, murmelte er. »Wenn du nichts dagegen hast, würde ich am liebsten nur einen Schluck trinken und dann sofort zu Bett gehen. Mir ist überhaupt nicht nach Abendessen.«

Er ging nach nebenan, und Jane hörte, wie er sich einen Drink mixte und dann nach oben ging. Verwirrt überlegte sie, was denn nur geschehen sein konnte. Graham nahm doch niemals Zuflucht zu alkoholischen Getränken. Normalerweise genügte ihm ein Glas heißer Milch als Seelentröster.

Rasch erwärmte sie Milch und brachte ihm ein Glas voll, aber Graham gab keine Antwort und tat so, als ob er schliefe. Doch Jane wußte genau, daß er wach war.

Als sie einige Zeit später selbst ins Bett ging, stand die Milch noch genauso auf dem Nachttisch, wie Jane sie hingestellt hatte, und Graham lag bewegungslos mit geschlossenen Augen im Bett. Auch diesmal hatte Jane das sichere Gefühl, daß Graham sich schlafend stellte.

Das neue Leben begann an einem verregneten Montagmorgen. Mrs. McGregor hatte durch ihren Mann ausrichten lassen, daß sie zwar auf die Kinder aufpassen, aber auf gar keinen Fall kochen würde. Also hatte Jane den gestrigen Abend damit verbracht, einen Auflauf vorzubereiten, den Mrs. McGregor nur noch im Backofen aufwärmen mußte. Sie hoffte, daß das Mrs. McGregors Fähigkeiten nicht übersteigen würde und daß sie vielleicht in der Lage sein würde, gelegentlich ein weiches Ei für das Baby zu kochen.

Während der letzten zwei oder drei Tage war Caroline merklich beunruhigt gewesen. Sie hatte ihre Mutter keine Sekunde aus den Augen gelassen und plötzlich wieder angefangen, am Daumen zu lutschen, was ein sicheres Zeichen für größeren Kummer war.

Mit unendlicher Geduld hatte Jane Caroline den neuen Tagesablauf erklärt: Morgens nach dem Frühstück würde sie nach London fahren und abends vor dem Schlafengehen wieder zurücksein. Den ganzen Tag über würden die nette Mrs. McGregor und ihr kleines Mädchen hier bei Caroline und Donald sein, und sie könnte den ganzen Tag mit Susan spielen. Außerdem würde die Arbeit in London nur ungefähr zwei Monate dauern, acht Wochen, sechsundfünfzig Tage. Jane fabrizierte einen Kalender, auf dem Caroline die Tage abstreichen konnte, und versprach ihrer Tochter, an den Wochenenden immer ganz besonders schöne Dinge zu unternehmen. Trotzdem hatte Jane nur wenig Hoffnung, daß diese Aussichten Caroline über den Gedanken hinwegtrösten konnten, daß ihre Mutter von heute an sechsundfünfzig Tage lang nicht zu Hause sein würde. Endlose sechsundfünfzig Tage.

Auch an diesem Montagmorgen hing Caroline unbeirrbar am Rockzipfel ihrer Mutter, die in Windeseile das Frühstücksgeschirr spülte, das Mittagessen herrichtete und sich dann selbst zurechtmachte und anzog. Hoffentlich würde Mrs. McGregor einigermaßen verläßlich und pünktlich sein!

»Mami, was soll ich denn den ganzen Tag über tun, wenn du nicht da bist?«

»Ganz genau dasselbe wie sonst, mein Liebling. Ihr geht einkaufen, du spielst mit dem kleinen Mädchen im Garten, und mittags gibt dir Mrs. McGregor das Essen. Das ist der einzige Unterschied.«

O Gott, hoffentlich würde Caroline nicht weinen! Jane hatte einigemal versucht, ein Zusammentreffen der beiden Mädchen zustande zu bringen, aber zuerst war die kleine Susan krank gewesen, und anschließend hatte Mrs. McGregor eine Tante in Cardiff besucht. Und so war aus diesem Treffen leider nichts geworden.

In diesem Augenblick sah Jane zum wiederholten Mal aus dem Fenster und bemerkte zu ihrer großen Erleichterung zwei Gestalten, die die Einfahrt entlangkamen: Mrs. McGregor schob ihr uraltes Fahrrad, und Susan saß auf dem Gepäckträger. Carolines kleine Finger umklammerten die Hand ihrer Mutter.

Im Windfang entblätterte Mrs. McGregor ihre Tochter: Regenhaut, Regenmantel, dünner Mantel und Strickjacke. Jane kam aus dem Staunen überhaupt nicht mehr heraus. Diese Verpackung hätte sich ohne weiteres für einen Nordpolausflug geeignet! Unglaublich!

»Hallo!« Sie versuchte, möglichst herzlich und entgegenkommend zu sein. »Ist dieses Wetter nicht fürchterlich? Kommen Sie schnell herein ins Trockene! Guten Tag, Susan! Das ist Caroline.«

»Guten Morgen, Madam«, sagte Mrs. McGregor leise. Sie lehnte ihr Fahrrad an die Wand und entschloß sich endlich, nach einigem Zögern, einzutreten, wobei sie die wie versteinert dastehende Kleine vor sich herschob.

Entsetzt stellte Jane fest, daß das Augenpaar, das sie und Tom Roland neulich vom Postamt aus beobachtet hatte, Mrs. McGregor gehört hatte. Dieses Erlebnis lag ja schon einige Zeit zurück, aber Jane hatte es bis heute noch nicht vergessen können. Diese stechenden Augen hätte sie jederzeit und überall wiedererkannt. Jane fühlte echtes Unbehagen, als sie sah, wie diese Augen wieselflink die Einrichtung des Hauses musterten und abschätzten, und um die unangenehme Stimmung zu vertreiben, erklärte sie Mrs. McGregor rasch den Haushalt.

»Willst du Susan nicht einmal deine Spielsachen zeigen?« schlug sie vor, aber Caroline umklammerte weiter ihre Hand. Auch Susan schien diesen Vorschlag nicht gerade anregend zu finden, sie war offenbar damit zufrieden, still und steif auf einem Fleck zu stehen und ins Nichts zu starren. Aber wahrscheinlich war sie nur völlig verschüchtert, was bei dieser verkniffen aussehenden Mutter auch gar nicht verwunderlich war. Sobald Susan sich auch nur bewegte, wurde sie von ihrer Mutter ermahnt: »Faß ja nichts an, dies ist nicht dein Haus!«

Jane überlief es kalt, aber Susan schienen diese Ermahnungen überhaupt nichts auszumachen. Sie hatte sich offensichtlich im Lauf der Zeit daran gewöhnt.

»Sie müssen sich deshalb keine Gedanken machen, Mrs. McGregor! Sie kann gar nichts kaputtmachen. Ich hoffe, daß die beiden Mädchen gut miteinander auskommen und viel Spaß haben!«

Mit Tränen in den Augen betrachtete Jane ihr schlafendes Baby in seinem Wagen, aber für Gewissensbisse war es ja nun zu spät. Sie umarmte Caroline und flüsterte ihr ins Ohr: »Mach es gut, mein Liebling, und sei schön brav, ja?«

Caroline nickte abwesend, während sie neugierig die immer noch bewegungslos dastehende Susan betrachtete. Jane atmete auf. Caroline würde vernünftig sein und nicht weinen. Aber sie freute sich zu früh, denn der heutige Morgen sollte nur eine Ausnahme sein! Von da ab schrie sie jeden Morgen jämmerlich und war nur mit Gewalt davon abzuhalten, ihrer Mutter laut weinend bis zur Bushaltestelle nachzulaufen.

»Sie werden doch bestimmt um sechs Uhr zurücksein?« fragte Mrs. McGregor. »Ich muß nämlich unbedingt um Punkt sechs nach Hause. Mein Mann möchte pünktlich zu Abend essen, und außerdem muß Susan ins Bett.«

»Natürlich, ich werde mir alle Mühe geben, pünktlich zu sein. Ich denke, daß ich den Zug um zehn nach fünf am Bahnhof Cannon Street erreichen kann, der hat in Culveden unmittelbar Anschluß an den Bus nach Culveden-Süd, so daß ich ungefähr um zehn Minuten vor sechs hier sein werde. Aber falls der Zug einmal Verspätung hat und ich den Bus verpasse, oder falls ich möglicherweise einmal den Zug verpassen sollte — in einem Büro gibt es doch oft in letzter Minute noch irgendwelche Probleme —, dann werden Sie doch einige Minuten auf mich warten, nicht wahr?«

»Das kann ich Ihnen nicht versprechen, Madam. Mister McGregor besteht auf einem pünktlichen Abendessen. Wirklich, ich kann es Ihnen nicht versprechen.«

»Aber Sie können doch nicht einfach gehen und die Kinder alleinlassen!« Jane beschloß, an die Vernunft dieser Frau zu appellieren. »Dieses Haus liegt doch so einsam. Wenn wir natürlich Nachbarn hätten...«

»Trotzdem, ich kann es Ihnen nicht fest versprechen.«

Verflixt, dachte Jane, aber sie sagte kein Wort mehr.

Die Büros der Folia-Filmgesellschaft lagen in einem neuen Hochhaus nördlich der Oxford Street, nicht weit vom Britischen Museum. Eigentlich hätte Jane bis fünf Uhr arbeiten müssen, aber um zehn Minuten vor fünf zog sie ihren Regenmantel an, überhörte das Telefon, schnappte ihre Handtasche und rannte wie besessen zur Untergrundbahn. In Holborn mußte sie umsteigen und erreichte schließlich mit hängender Zunge den Bahnhof an der Cannon Street.

Mit Ach und Krach erreichte sie gerade noch den Zug nach Culveden, ihr Herz schlug wie verrückt, und ihr Hals war völlig ausgetrocknet. Wenn ich abnehmen müßte, könnte ich mir eigentlich keine geeignetere Methode aussuchen als diese Hetze! dachte sie.

Der Zug hatte in Culveden fünf Minuten Verspätung, so daß Jane wieder einen enormen Spurt bis zur zweihundert Meter hügelaufwärts liegenden Busstation hinlegen mußte, um ihren Bus noch zu erwischen. Und sie erwischte ihn.

Als sie zu Hause ankam, saß Mrs. McGregor bereits in Hut und Mantel in der Küche und starrte auf die Uhr. Susan hatte ihre Nordpolverkleidung bereits an und schien immer noch genauso erstarrt zu sein wie heute morgen. Caroline saß mustergültig am Tisch, was Jane überhaupt noch nicht erlebt hatte. Donald schlief in seinem Bettchen. Nichts, aber auch überhaupt nichts war zu hören außer dem aufdringlich laut tickenden Wecker.

Sofort bemerkte Jane, daß das gesamte Haus spiegelte und glänzte, daß es schon fast nicht mehr schön war. Der Ofen glühte fast, und in der tropischen Hitze roch das frische Wachs richtig aufdringlich.

»Guten Abend, alle miteinander«, sagte Jane. »Wie war der erste Tag?«

»Völlig normal, Madam«, sagte Mrs. McGregor mit gleichgültiger Stimme. »Komm, Susan, wir müssen sofort gehen. Vater wartet sicher schon.«

»Wie war der Tag ohne die Mami, mein Schatz? Hat es Susan bei dir gefallen?«

Susan gab keine Antwort, aber Caroline sagte fast unhörbar leise: »Es war sehr schön.«

Sie kam nicht angelaufen, um ihre Mutter zu begrüßen, sondern blieb mit hängenden Armen neben dem Tisch stehen. Jane brachte Mrs. McGregor und die kleine Susan an die Haustür und kümmerte sich dann ausgiebig um Caroline. Heute dauerte die Badezeremonie besonders lange, und anschließend setzte sich Jane noch an Carolines Bett.

»Was hast du den ganzen Tag über gemacht, mein Liebling?«

»Es war sehr schön«, antwortete Caroline.

»Hat es dir Spaß gemacht, mit Susan zu spielen? Habt ihr euch nett unterhalten?«

»Sie ist sehr nett.«

»Was habt ihr denn gespielt?« fragte Jane in der Hoffnung, endlich eine etwas weniger gedrechselte Antwort zu bekommen.

»Wir haben überhaupt nicht gespielt. Sie hat sich meine Spielsachen nur angesehen, und ich habe ihr dabei zugeschaut.«

»Ich glaube, morgen wird euch schon etwas einfallen.« Jane war über Carolines ungewöhnliche Verschlossenheit und Einsilbigkeit beunruhigt, aber sie wollte jetzt nicht weiter darüber sprechen. Sie sagte Caroline ›Gute Nacht‹ und ging nach unten.

Später, als Graham nach Hause kam, erzählte sie ihm von Carolines seltsamem Benehmen.

»Mach dir doch nicht so viele Gedanken«, sagte er fast ungeduldig. »Es ist doch schließlich alles neu für sie. Glaube mir, in ein paar Tagen ist alles vergessen.«

Irgendwie schien Graham nicht ganz bei der Sache zu sein. Doch als sein Blick zufällig in die gewienerte Küche fiel, sagte er: »Mein Gott, Mrs. McGregor hat ja ganze Arbeit geleistet. Freust du dich darüber?«

»Ich weiß nicht recht«, sagte Jane. »Ich hatte ihr gesagt, daß sie sich nicht allzusehr um den Haushalt kümmern soll, hier auf dem Land ist es sowieso lange nicht so staubig. Viel lieber wäre mir, wenn sie gelegentlich mit den Kindern einen Spaziergang machen oder wenigstens in den Garten gehen würde. Sie waren heute kein einzigesmal vor der Tür.

Übrigens, Graham, ich habe noch eine Bitte, kannst du nicht in der Zeit, in der ich jetzt arbeite, abends immer um sechs Uhr zu Hause sein? Mrs. McGregor besteht nämlich darauf, um Punkt sechs das Haus zu verlassen. Stell dir nur vor, was alles passieren kann, wenn ich einmal den Zug versäume! Es ist sowieso immer eine äußerst knappe Angelegenheit.«

»Irgendwie kann ich Mrs. McGregor verstehen«, sagte Graham. »Sie hat ja zu Hause auch einen Haushalt zu versorgen. Da darfst du es ihr nicht übelnehmen, wenn sie abends pünktlich gehen möchte.«

»Ich weiß, aber...«

»Kein aber, du mußt eben pünktlich sein. Unter allen Umständen. Schließlich tust du der Folia-Gesellschaft ja einen Gefallen, da wirst du doch wohl ein bißchen eher gehen dürfen. Ich kann beim besten Willen nicht früher nach Hause kommen, denn ich muß mich ja auch irgendwann in Ruhe mit meinen Kunden unterhalten können.«

»Siehst du«, sagte Jane, »genauso ist es bei mir. Genau um fünf ist die hektischste Zeit.«

Graham zuckte mit den Schultern. »Ich kann es auch nicht ändern. Ist es denn wirklich so schlimm, wenn die Kinder einmal für zehn oder fünfzehn Minuten allein sind?«

Jane starrte ihren Mann ungläubig an.

»Du gehst ja auch sonst manchmal für einige Minuten aus dem Haus«, fuhr Graham fort.

»Aber das ist doch etwas anderes! Dann bin ich doch ganz in der Nähe und sofort wieder da, außerdem nehme ich dann Caroline immer mit. Sie würde sich zu Tode fürchten, wenn sie in der Dunkelheit allein im Haus sein müßte. Man hört ja oft genug, daß Züge entgleisen. Stell dir nur vor, dann könnte ich möglicherweise für Stunden irgendwo aufgehalten werden!«

»Ach, hör doch auf, du machst dich ja selbst verrückt. Wie oft entgleisen denn Züge? Überleg doch einmal!« Und dann fügte er gereizt hinzu: »Du darfst die McGregors auf keinen Fall verärgern, hörst du? Sie sind sehr wichtig für uns. Ich glaube nicht, daß wir in Culveden so schnell Ersatz finden würden.«

»Ich glaube nicht, daß ich Mrs. McGregor leiden kann«, sagte Jane nachdenklich. »Ich werde einmal Miß Ames fragen. Vielleicht weiß sie jemanden, der nicht immer überpünktlich weggehen muß.«

»Du bist sehr unvernünftig«, explodierte Graham. »Nach allem, was ich gehört habe, bleibt McGregor nur, wenn auch seine Frau hier arbeiten kann. Du hast dir — und das bereits nach einem einzigen Tag — ein Vorurteil in den Kopf gesetzt und kannst die Tatsachen überhaupt nicht mehr mit normalen Augen ansehen. Mrs. McGregor will einfach pünktlich nach Hause. Dieses Recht hat sie doch, oder etwa nicht?«

»Das kann schon sein, aber ich mache mir solche Sorgen wegen Caroline.«

»Nach dem ersten Tag! Sag mal, bist du verrückt?« Er sah auf seine Uhr. »Ach, du Schreck, ich muß ja weg! Ich habe mich mit Tom Roland im Pub verabredet.«

Beim Hinausgehen sagte er noch: »Weißt du, Jane, ich meine nur, daß wir die McGregors nicht verärgern sollten. Schließlich sind wir beide darauf angewiesen, daß du diese zwei Monate über arbeiten kannst. Also, halte sie ein bißchen bei Laune. Hast du übrigens daran gedacht, etwas für das morgige Mittagessen zu besorgen?«

»Ja«, sagte Jane müde, »ich habe in der Mittagspause ein wenig Fleisch in einem Delikatessengeschäft besorgt. Ich hoffe nur, daß Susan das mag.«

Der Auflauf stand nämlich noch fast unberührt auf dem Tisch.

Nachdem Graham gegangen war, nahm sich Jane die Wäsche vor, die heute besonders reichhaltig ausgefallen war. Mrs. McGregor schien die meiste Zeit damit verbracht zu haben, die Kinder an und auszuziehen. Dann bereitete Jane das Gemüse vor und ging schließlich müde nach oben.

Leise schlich sie in Carolines Zimmer und beugte sich über das Bettchen, in dem sich die Kleine unruhig hin und her wälzte. Was murmelte sie? Erst, als sich Jane ganz tief über das Bettchen beugte, verstand sie die Worte: »Es war sehr nett. Es war sehr nett. Es war sehr nett...«

Drei Abende später verpaßte Jane ihren Bus in Culveden. Wegen eines dichten Abendnebels hatte der Zug aus London zwölf Minuten Verspätung gehabt. Normalerweise gab es schon fast keine Taxis vor der Bahnstation, aber an einem Abend wie diesem war die Chance, eines zu erwischen, von vornherein aussichtslos, dazu stürmten zu viele, durch die Hetze vieler Jahre wohltrainierte Geschäftsleute an Jane vorbei. Als sie aus dem Bahnhof rannte, fuhr gerade das letzte Taxi ab.

Wie wild rannte sie daraufhin einige Straßen weiter zu einer anderen Bushaltestelle, stieg in eine andere Linie, von deren Endhaltestelle sie immerhin nur noch zehn Minuten zu laufen hatte. Als sie in die Einfahrt ihres Grundstücks einbog, hatte Jane so weiche Knie, daß sie sich kaum noch auf den Beinen halten konnte.

Zufrieden bemerkte sie, daß Donalds Wagen diesmal im Windfang stand. Bisher hatte sie Mrs. McGregor immer vergeblich gebeten, das Baby nicht in die irrsinnig geheizte Küche zu stellen, in der niemals ein Fenster geöffnet wurde.

Schnell öffnete Jane die Tür, überzeugte sich kurz davon, daß Donald selig und zufrieden schlief, und rannte dann ins Haus. Sie fand Caroline allein in der Küche, wo sie mit Zeichenkohle gigantische Löwen auf große Papierbogen malte. Wie, um Himmels willen, war das Kind an Grahams heilige Zeichenutensilien geraten, die er doch immer so sorgfältig in seinem Schreibtisch einschloß? Caroline war über und über mit Kohlenstaub bedeckt, und die zerbrochenen Stifte lagen überall in der Küche verstreut.

»Wo ist Mrs. McGregor, Schätzchen, und wo ist Susan?«

»Weiß ich nicht«, antwortete Caroline. »Sie sind rausgegangen.«

»Wann?«

Caroline zuckte mit den Schultern, Zeit bedeutete ihr noch nicht allzuviel. Fieberhaft überlegte Jane, daß sie beim Hereinkommen kein Fahrrad an der Hauswand bemerkt hatte. Sollte Mrs. McGregor wirklich nach Hause gegangen sein und die Kinder hier alleingelassen haben? Im stillen begann Jane zu fluchen. Mrs. McGregor mußte gewußt haben, daß sie sich heute verspäten würde, denn hier war der Nebel noch viel dichter als in der Stadt.

»Komm jetzt, mein Schatz, ich bringe dich ins Bett. Aber zuerst werden wir dich aus diesem Kohlenkleidchen befreien. Gehst du schon nach oben? Ich hole nur schnell Donald herein.«

Als Jane gerade dabei war, Carolines Kleid aufzuknöpfen, ließ ein Geräusch von unten sie zusammenfahren. Rasch lief sie in den Flur, blickte hinunter und sah, wie Mrs. McGregor und die kleine Susan hereinkamen. Die beiden blassen, ausdruckslosen Gesichter wandten sich ihr zu.

»Sie sind also endlich da, Madam?«

»Ja, der Zug hatte Verspätung. Kein Wunder, bei diesem Nebel! Es tut mir leid, daß es etwas später geworden ist. Ich dachte, Sie seien bereits nach Hause gegangen.«

»Ich habe nur noch die Wäsche aufgehängt«, sagte Mrs. McGregor mit unbewegtem Gesicht.

Zusammen mit der Kleinen? Bei diesem Nebel? Ganze fünfzehn Minuten lang? Und wo war das Fahrrad?

»Ich gehe jetzt, Madam.«

Jane meinte, in ihren Augen ein boshaftes Glitzern zu entdecken. Sie war also absichtlich draußen gewesen!

Mrs. McGregor holte ihr Fahrrad aus seinem Versteck hinter dem Haus, hob Susan auf den Gepäckträger und fuhr davon.

»Warum hast du eigentlich dein schönstes Kleid an?« sagte Jane, nachdem sie sich wieder beruhigt hatte und in das Badezimmer zurückgekehrt war.

»Es war Besuch da. Zum Tee.«

»Aha, und wer?«

»Weiß ich nicht.«

»Freunde von Mrs. McGregor?«

»Ich glaube.«

Warum sollte sich Mrs. McGregor keinen Besuch einladen, dachte Jane, während sie wieder nach unten ging. Jetzt bemerkte sie auch, daß ihr bestes Teeservice und die silberne Teekanne, die noch von ihrer Großmutter stammte, sauber gespült auf der Anrichte standen. Diese Tatsache sprach wirklich dafür, daß Mrs. McGregor kein Geheimnis aus der Sache machen wollte. Und warum sollte sie auch? Schließlich war sie ja den ganzen Tag über hier und hätte sonst keine Möglichkeit gehabt, ihre Bekannten zu sehen. Entschlossen wandte sich Jane der Zubereitung des morgigen Mittagessens zu.

Als Jane in der darauffolgenden Woche eines Abends wieder einmal im Laufschritt die Straße zur Busstation hinauflief, bemerkte sie plötzlich einen Rover, der genau vor ihr anhielt. Tom Roland steckte seinen Kopf aus dem Fenster und fragte: »Du trainierst wirklich hart. Willst du an den Olympischen Spielen teilnehmen? Aber im Ernst, soll ich dich heimfahren?«

»Oh, Tom, schrecklich gern!« rief Jane und vergaß ihren Vorsatz, ihn wieder mit Mr. Roland anzureden.

»Wo hast du denn die ganzen letzten Wochen gesteckt?« fragte er, während er den Bus überholte und Jane voller Genugtuung das verhaßte Monstrum hinter sich verschwinden sah.

»Ich arbeite wieder bei Folia. Aber nur aushilfsweise für ein paar Wochen.«

»Deshalb habe ich dich also nie mehr getroffen! Macht die Arbeit wieder Spaß?«

»Nicht übermäßig. Es ist nett, die alten Gesichter einmal wiederzusehen, obwohl viele Kollegen inzwischen gewechselt haben. Trotzdem . . .«

Und ohne es zu merken, erzählte sie Tom, wie schwierig es für sie sei, immer pünktlich nach Hause zu kommen, und dann berichtete sie auch von Mrs. McGregors Ansicht zu diesem Punkt.

»Ich habe ihr Gesicht zwar nie gemocht«, sagte Tom empört, »aber daß sie eine solche Schreckschraube ist, hätte ich nun doch nicht erwartet. Kannst du sie nicht einfach rauswerfen? Oder aufhören zu arbeiten? Bei soviel Ärger macht es doch keinen Spaß mehr!«

»Ich weiß nicht, woher ich jetzt plötzlich jemand anderen nehmen soll. Außerdem, aufhören kommt nicht in Frage. Wir brauchen das Geld, denn das Haus hat doch mehr gekostet, als wir vorher erwartet hatten. Das Problem kennst du sicher.«

Tom sah Jane nachdenklich an. »Und wie lange willst du noch arbeiten?«

»Noch etwa fünf Wochen. Es wird schon gehen, Mrs. McGregor hat schließlich auch gute Seiten.«

»Mrs. McGregor? Ich dachte schon immer, daß die Waliser doch eine ganz besondere Sorte Menschen sind«, sagte Tom zusammenhanglos.

»Fast so schlimm wie die Schotten.« Jane lachte. »Aber das sollte ich wohl besser nicht sagen. Schließlich ist mein Mann ein Schotte.«

»Ich wenigstens bin ein reiner Brite, abgesehen natürlich von gewissen französischen und irischen Einflüssen.«

Von diesem Tag an holte Tom Jane fast regelmäßig am

Bahnhof ab, oder aber er holte sie auf dem Weg zum Bus ein. Während sie nach Hause fuhren, erzählten sie sich gegenseitig von ihrer Arbeit. Tom war zur Zeit mit der Vorbereitung eines neuen Fernsehfilms über ›Das Bett in den Jahrhunderten‹ beschäftigt, wozu er unzählige Museen und Bibliotheken besuchen mußte. Jane weigerte sich, darüber nachzudenken, ob diese zufälligen Begegnungen wirklich so zufällig waren oder nicht. Sie war nur glücklich, daß sie so schnell nach Hause kam, und sie genoß die vertrauten Unterhaltungen. Das alles machte es ihr leichter, Mrs. McGregor zu ertragen.

»Hat Ihnen das Kalbsragout geschmeckt, Mrs. McGregor?«

»Miß Caroline hat etwas davon gegessen, aber Susan und ich vertragen kein Kalbfleisch.«

»Um Himmels willen, warum haben Sie mir denn nichts davon gesagt?« fragte Jane. »Ich hätte genausogut etwas anderes besorgen können.«

Da Jane ja abends so früh gehen mußte, verbrachte sie regelmäßig ihre Mittagspause, ohnehin nur eine knappe halbe Stunde, damit, in den nahegelegenen Delikatessenläden nach immer neuen Dingen zu fahnden, die Mrs. McGregor und Susan vielleicht schmecken könnten. Susan schien überhaupt nur gefrorene Kartoffel-Chips zu mögen, und Mrs. McGregor durfte wegen einer Gastritis angeblich weder etwas Fettes, noch scharfgewürzte Speisen, weder Saures noch Salziges, kurz fast überhaupt nichts zu sich nehmen.

»Ich habe nur etwas Brot gegessen und einige Tassen Tee getrunken«, sagte Mrs. McGregor gewöhnlich mit einem beleidigten Schnüffeln. »Aber das macht überhaupt nichts...«

»Na, wenigstens war heute schönes Wetter. Waren Sie ein wenig spazieren?«

»Oh, nein, wo denken Sie hin. Mein Heuschnupfen...«

Jane kam überhaupt nicht mehr aus dem Staunen heraus, was sie so alles zu hören bekam.

»Das Schnappschloß an der Hintertür ist aber nicht ganz ungefährlich, Madam. Wenn ich im oberen Stockwerk bin, könnte einmal jemand unbemerkt ins Haus gelangen...«

»Bisher wurden noch keine Kohlen geliefert, Madam. Und die,

die wir noch haben, reichen nicht mehr lange. Ich wußte nicht, daß ich mich darum kümmern sollte ...«

»Der Wasserhahn im Badezimmer funktioniert nicht mehr richtig. Ich wußte nicht, ob ich jemanden rufen sollte ...«

»Die Katze hat mich gebissen. Also, wenn Sie mich fragen, in ein Haus mit Kindern gehört keine Katze. Außerdem ist sie bösartig und schlecht erzogen. Ich muß meine Susan richtiggehend vor diesem Biest beschützen.«

Tatsächlich hatte Jane den Kater Plum, der wirklich eines der friedlichsten und sanftesten Tiere war, die sie kannte, einigemal oben in ihrem Schlafzimmer eingesperrt gefunden. Natürlich hatte er in diesen, sonst verbotenen Regionen herumgeschnüffelt und dabei einige Flaschen umgeworfen und seine Krallen an einem Korbstuhl geschärft. Wenn nur Graham nichts davon bemerkte!

»Nein, heute konnten wir nicht spazierengehen. Die Sonne schien so herr, daß mir die Augen weh taten. Außerdem schmerzten meine Gelenke wieder stark. Susan geht es auch nicht so gut wie sonst. Ich nehme an, sie verträgt diese ausländischen Biskuits nicht so recht. Außerdem mußte ich damit rechnen, daß der Wäschereimann genau dann kommt, wenn wir aus dem Haus sind.«

Jane war froh, daß die Kinder wenigstens einmal in der Woche an die frische Luft kamen, und zwar an dem Tag, an dem sie Mrs. McGregor die große Einkaufsliste gab. Ohne Rücksicht auf Wind und Wetter marschierte Mrs. McGregor dann mit den Kindern zum Einkaufen. Einmal hatte Caroline sich sogar erkältet, weil sie so lange vor dem Geschäft im Regen hatte warten müssen, was nun auch wieder nicht Janes Absicht gewesen war.

»Warum«, schlug sie vor, »rufen Sie bei Regen nicht einfach im Geschäft an? Mr. Rolf wird die Sachen sicher gern schicken.«

Mrs. McGregor sah etwas skeptisch drein, aber sie sagte nichts.

Eines Tages hatte Jane vergessen, die Liste zu schreiben, und als es ihr einfiel, saß sie bereits im Zug. Während der Fahrt schrieb sie rasch alles zusammen und rief dann vom Büro aus zu Hause an. Nach dem dreißigsten Läuten war sie fast geneigt zu glauben, daß niemand zu Hause war, aber dazu war es einfach noch zu früh am Morgen. Endlich nahm jemand ab, und Mrs.

McGregors Stimme fragte vorsichtig und mißtrauisch: »Hallo? Wer ist am Apparat?«

»Oh, Mrs. McGregor, ich bin's, Mrs. Drummond. Ich habe vergessen, Ihnen heute morgen die Liste zu geben. Wenn Sie im Augenblick einen Moment Zeit haben, sage ich Sie Ihnen durch. Bleistift und Zettelblock liegen neben dem Telefon, jedenfalls sollten sie das. Wenn Sie alles haben, sagen Sie es bitte.«

Eine kleine Ewigkeit verging, während Jane nur Mrs. McGregors Atem hörte. »Hallo«, fragte sie irritiert, »sind Sie noch da? Haben Sie den Bleistift gefunden?«

Jane hörte einen Bums, offensichtlich hatte Mrs. McGregor den Hörer hingelegt, einen Augenblick später hörte Jane, wie sie nach Caroline rief. Dann drang ein Flüstern, das sicher nicht für Janes Ohren bestimmt war, fast unhörbar aus dem Hörer: »Komm her! Schreibe auf, was ich dir sage.«

Sollte Caroline etwa die Liste schreiben? Jane konnte es kaum glauben. Schließlich war Caroline erst vier Jahre alt und, obwohl sie schon ein wenig schreiben und lesen konnte, traute Jane ihr eine solche Leistung niemals zu.

»Sind Sie soweit?« fragte Jane ungeduldig.

»Ja, Madam.«

»Könnten Sie sich nicht doch angewöhnen, mich Mrs. Drummond zu nennen, statt immer Madam zu sagen?« rief Jane.

Stille.

»Also gut ... Ein Pfund Reis«, sagte Jane seufzend.

»Ein Pfund Reis«, kam Mrs. McGregors Echo.

»Zwei Dutzend Eier ... Cornflakes ... Spaghetti ...«

Mrs. McGregor wiederholte alle Angaben, und es entstand jedesmal eine längere Pause, bevor sie fragte: »Noch etwas, Madam?«

Am nächsten Tag, einem Samstag, war Jane zu Hause, als die Sachen geliefert wurden. Tatsächlich, oben auf dem Karton lag der Bestellzettel, den Caroline geschrieben hatte. Ein Wunder, daß Mr. Rolf aus diesem Gekrakel schlau geworden war!

»Warum mußtest du die Liste schreiben, mein Liebling?«

»Weiß ich nicht.«

Caroline wurde mit der Zeit immer einsilbiger. Auf Fragen gab sie nur ganz selten eine Antwort, aber sie klammerte sich an ihre Mutter und ging ihr, sobald sie zu Hause war, nicht von der Seite. Obwohl sie schon seit zwei Jahren nachts trocken gewesen war, fing sie plötzlich wieder an, ins Bett zu machen. Obwohl Jane sie niemals schimpfte, regte sich Caroline entsetzlich darüber auf und schämte sich.

»Das ist mein Leintuch, oder?« fragte sie eines Abends, als sie sah, wie Jane die Wäsche im Garten aufhing. Ausnahmsweise regnete es einmal nicht.

»Ja, Liebling, aber darüber mußt du dir doch nicht solche Sorgen machen. Wir waschen das Leintuch, und dann ist es wieder trocken. Komm, es ist Zeit ins Bett zu gehen.«

Aber nach dem Bad kam Caroline wieder auf das Thema zurück.

»Warum mache ich auf einmal wieder ins Bett, Mami?«

Was sollte sie sagen? Jane konnte es kaum ertragen, daß Caroline sie so ängstlich und fragend ansah. Liebevoll nahm sie die Kleine in die Arme und sagte: »Wahrscheinlich, weil es nachts immer regnet und du die Tropfen auf das Dach fallen hörst. Nimm jetzt Pinky in den Arm und denk nicht mehr daran!«

Pinky war Carolines Babydecke, die sie die ganze Nacht über als Schmusedecke im Arm hielt. Mittlerweile war die Decke schon reichlich ausgefranst und die Farbe undefinierbar, aber das tat der Liebe keinen Abbruch. Vorsichtshalber hatte Jane vor einiger Zeit die Decke in zwei Hälften geschnitten, so daß der eine Teil in Aktion treten konnte, wenn der erste endgültig verschlissen sein würde und Caroline noch immer eine Schmusedecke haben wollte.

»Übrigens«, fuhr Jane fort, »ich bin sehr stolz auf dich, daß du die Liste so gut geschrieben hast. Hat sich Mrs. McGregor gefreut?«

»Weiß ich nicht.«

Eine wilde Vermutung schoß Jane durch den Kopf. Konnte Mrs. McGregor etwa weder schreiben noch lesen? War sie vielleicht ein wenig zurückgeblieben? Susan schien ja auch nicht ganz in Ordnung zu sein, jedenfalls konnte man bei ihr deutliche Zeichen einer geistigen Trägheit feststellen; Jane hatte bereits seit einiger Zeit die Hoffnung aufgegeben, daß Susan eine echte

Spielgefährtin für Caroline werden würde. Konnte Mrs. McGregor vielleicht tatsächlich nicht lesen? Jane versuchte, sich zu erinnern. Nein, sie hatte noch nie beobachtet, daß Mrs. McGregor wirklich *las*. Sie guckte sich zwar öfter die Bilder in Illustrierten an, wenn sie auf Janes Heimkehr wartete, aber wirklich lesen konnte sie höchstwahrscheinlich nicht. Wie mußte ihr Leben aussehen? Wie kam man, ohne lesen zu können, in der modernen Welt zurecht? Sicher war sie einsam und verbittert, und man durfte ihr Wesen und Benehmen nicht allzu übelnehmen. Man mußte versuchen, ihr zu helfen.

Aber wenn Jane, nach einem so heroischen Entschluß, an die unausgesprochene Feindseligkeit der beiden McGregors dachte, verlor sie allen Mut. Sie konnte sich nicht dazu zwingen, mehr als unbedingt nötig mit den beiden zu sprechen.

In der letzten Zeit hatte es sich Mister McGregor angewöhnt, seine Frau abzuholen. Er saß dann mit ihr und den Kindern in der Küche und wartete auf Jane. Bisher hatte sich Jane noch nicht an seinen Anblick gewöhnen können, sie haßte ihn und fürchtete sich vor ihm, obwohl sie eigentlich gar keinen Grund dazu hatte, denn Mr. McGregor benahm sich ihr gegenüber sehr höflich, fast untertänig. Aber sie wurde das unangenehme Gefühl nicht los, daß er irgend etwas über sie wußte. Aber was das hätte sein können, war ihr absolut schleierhaft. Immer, wenn sie abends nach Hause kam und in die stickig heiße Küche trat, in der es nach Möbelpolitur, Wachs und nach McGregors alter Mütze roch, spürte sie sofort die Abneigung der beiden Leute, ja, sie fühlte sich richtiggehend wie in einem Löwenkäfig inmitten wilder Bestien.

Die Abende waren einfach zu kurz, um die Spuren von Mrs. McGregors Anwesenheit zu tilgen. Sogar wenn Jane abends todmüde ins Bett sank, fühlte sie sich noch von den giftigen Blicken verfolgt, und sie glaubte die verächtlichen Bemerkungen zu hören. Mrs. McGregor wurde langsam zu einem Alptraum. Jane kam sich im eigenen Haus wie eine Fremde vor. Morgens mußte sie ihre kleine heulende Tochter, die nur durch Gewalt daran gehindert werden konnte, ihrer Mutter nachzulaufen, in der Gewalt dieser Frau zurücklassen und zusehen, wie sich die Kleine verzweifelt gegen den harten Griff der Frau wehrte. Die Situation wurde langsam unerträglich.

Jede Nacht träumte Jane von Eisenbahnen, riesigen Monstern, hinter denen sie mit weichen Knien herlief, ohne sie jemals zu erreichen. Und aus einem Fenster hoch über ihr sagte Mr. McGregor grinsend: »Ich habe keine Ahnung, wo die Kinder sind. Die müssen einige Stationen weiter hinten ausgestiegen sein. Ich nehme an, sie spielen wieder am Stauwehr.«

Obwohl Jane Mr. McGregor bereits einigemale darum gebeten hatte, den hinteren Zaun zu reparieren, hatte er es immer noch nicht gemacht. Er lauschte ihren Mahnungen zwar sehr geduldig, aber mit einer Miene, die ausdrücken sollte, daß er doch wirklich etwas Besseres zu tun hätte, als ausgerechnet die ausgefallenen Aufträge einer affektierten Frau auszuführen. Er und Graham widmeten sich mit Hingabe der Gestaltung des vorderen Gartens, schnitten Hecken, pflanzten Büsche und diskutierten stundenlang über die richtige Rasenpflege. McGregor nahm nur von Graham Befehle entgegen, aber dieser war in letzter Zeit mit dem Projekt in Hastings so beschäftigt, daß Jane ihn nur noch morgens früh und abends meistens sehr spät zu Gesicht bekam.

Wenn sich Grahams Blick gelegentlich auf seine Frau verirrte, bemerkte er einigemal: »Du wirst dünner, dabei dachte ich, daß dir die Arbeit guttun würde, dich wieder mit Menschen zusammenbringen würde. Was ist los? Macht die Arbeit keinen Spaß?«

»Oh, ganz im Gegenteil«, erwiderte Jane tapfer. »Ich bin nur etwas müde. Ich bin eben nichts mehr gewöhnt.«

»Wirklich, die Sache läuft doch besser, als ich dachte. Ich bin eigentlich dafür, daß du noch eine Weile weitermachst.« Graham gab sich große Mühe, so zu tun, als sei ihm das alles erst gerade eben eingefallen. »Dann kämst du doch ein bißchen raus hier. Den Kindern fehlt es doch an nichts. Ganz besonders Donald sieht frisch und rosig aus.«

Sie standen oben im Kinderzimmer neben Donalds Bettchen, und Jane dachte wieder, daß Donald das einzige Wesen war, das Graham liebte, außer sich selbst natürlich. Nichts konnte ihn davon abhalten, sobald er nach Hause kam, nach ihm zu sehen.

»Donald geht es gut«, sagte Jane, »aber um Caroline mache ich mir wirklich Sorgen.«

»Mädchen vermissen ihre Mutter mehr als Jungen. Ich glaube, daß sie diese Phase bald überwunden haben wird.«

In diesem Augenblick dachte Jane zum erstenmal an Scheidung und erschrak im gleichen Augenblick zutiefst. Wie hatte sie nur an so etwas denken können? Wollte sie sich denn wirklich von Graham *scheiden* lassen?

Aber dann rief Caroline aus dem Badezimmer: »Mami, komm, ich habe mich schon abgetrocknet. Erzählst du mir noch eine Geschichte?«

Sobald sich Jane zu Caroline ans Bett setzte und fühlte, wie das kleine Mädchen ihre Hand nahm, wäre sie am liebsten gleich mit Caroline weggegangen. Es bestand ja wohl kein Zweifel darüber, wer im Falle einer Scheidung ausziehen würde. Nein, in diesem bis über das Dach verschuldeten Haus würde sie es keinen Monat mehr, ja kaum eine Woche aushalten.

Allerdings, eine Scheidung würde bedeuten, daß Caroline nicht nur von ihrem Vater, sondern auch von ihrem Bruder getrennt würde, den sie abgöttisch liebte. Jane wußte instinktiv, daß sich Graham um nichts in der Welt von seinem heißgeliebten Sohn trennen würde, eher würde er Prozesse durch sämtliche Instanzen führen. Dieser Gedanke machte Jane schon ganz krank, bevor sie ihn überhaupt richtig zu Ende gedacht hatte.

Nein, sicher war es besser, den Kindern möglichst lange ein wenigstens nach außen hin intaktes Elternhaus zu bieten. Wenigstens so lange, bis sie alt genug sein würden, daß man mit ihnen über diese Probleme sprechen konnte.

Während des Abendessens kam Graham wieder auf das Thema zurück: »Nachdem du dich inzwischen wieder gut im Berufsleben eingewöhnt hast«, begann er nachdenklich, während er sich eine Scheibe Schinken abschnitt, »könntest du dir doch wirklich überlegen, ob du nicht für einige Jahre zu Folia zurückkehren solltest. Schließlich mögen sie dich, und die Arbeit ist auch prima...«

Jane wurde schwindelig, aber sie nahm sich zusammen und antwortete: »Aber sie werden mich in allernächster Zeit nicht mehr brauchen können. Wilshaw ist vor kurzem aus dem Krankenhaus entlassen worden und wird pünktlich zur vorgesehenen Zeit wieder arbeiten können.«

Sie war froh, als Graham nicht weiter auf das Thema einging, sondern ganz beiläufig fragte: »Übrigens, ich wäre dir dankbar, wenn du versuchen würdest, dein Geld von Folia bereits jetzt in einer Summe ausgezahlt zu bekommen. Ich möchte gern den Rasenmäher bezahlen.«

»Ja ... gut«, sagte sie zögernd. »Ich nehme an, das geht. Hast du denn gar kein Geld mehr auf dem Konto?«

»Montag kommt wieder etwas«, sagte er schnell. »Aber die Sache mit Tom würde ich gerne möglichst rasch aus der Welt schaffen. Schließlich ist er doch ein alter Freund.«

Jane fragte nicht weiter und ließ sich, eigentlich ganz gegen ihre Überzeugung, das Geld vorzeitig auszahlen.

Carolines Geburtstag fiel in die Mitte der nächsten Woche.

Da Jane Graham das gesamte Geld, das sie von der Folia-Gesellschaft bekommen hatte, gegeben hatte, fragte sie ihn eines Tages, ob er ihr nicht etwas Haushaltsgeld geben könnte.

»Weshalb brauchst du Haushaltsgeld?« fragte Graham ganz erstaunt. »Ich denke, du verdienst jetzt selbst.«

»Aber ich habe dir doch ...«

»Schau, ich kann mich jetzt nicht mit dir darüber unterhalten. Ich muß um zehn Uhr in Hastings sein. Außerdem habe ich im Augenblick sowieso kein Bargeld.«

»Dann gib mir einen Scheck. Morgen hat Caroline Geburtstag, und ich habe nicht mehr genug Geld, ihr etwas zu kaufen, weil ich so viel für das Essen ausgeben mußte.«

»Dann kauf ihr doch einfach etwas bei Woolworth! Ich glaube nicht, daß ein vierjähriges Mädchen schon einen Blick für Qualität hat. Vermutlich würde sie auch überhaupt nichts merken, wenn du den Geburtstag ausfallen ließest.«

Und damit verließ er das Haus und lief durch den Regen zur Garage.

Jane blieb gerade noch genug Zeit, in ihr Schlafzimmer hinaufzulaufen und das einzig wertvolle Schmuckstück hervorzuholen, das sie besaß: einen hübschen chinesischen Anhänger aus hellgrüner Jade, an dem ein kleiner, goldener Drachen baumelte. Der Anhänger war so kunstvoll an einer goldenen Kette befestigt, daß Jane aus Angst, den Anhänger zu verlieren, die Kette fast nie getragen hatte. Außerdem war sie ein Andenken an ihre Mutter, die ihrer achtjährigen Tochter dieses Schmuckstück bei ihrem Tod vermacht hatte.

Während Jane im Bus saß, dachte sie wieder an Scheidung. Wahrscheinlich war es, trotz aller Probleme, für die Kinder besser, getrennt lebende Eltern zu haben. Und Grahams Verschwendungssucht konnte sie vielleicht durch Sparsamkeit wieder ausgleichen. Aus eigener Erfahrung wußte sie, wie schrecklich es für Kinder ist, fast immer nur bei einem Elternteil aufzuwachsen. Ihr Vater war Archäologe gewesen und somit oft monatelang bei irgendwelchen Ausgrabungen. Jane hatte ihn immer sehr vermißt und wollte ihren Kindern ähnliche Ängste möglichst ersparen.

Möglicherweise hatten auch diese Entbehrungen in der Kindheit dazu beigetragen, daß sie Graham so überstürzt geheiratet hatte.

Der Bus hielt am Bahnhof, noch bevor sie den Gedanken richtig zu Ende gedacht hatte: Wahrscheinlich hätte ich ihn, bei reiflicher Überlegung, letzten Endes gar nicht geheiratet! Ob das besser gewesen wäre?

Das Schmuckstück zu verkaufen, erwies sich als schwieriger, als Jane ursprünglich gedacht hatte. Viele Juweliere waren überhaupt nicht interessiert oder boten lächerlich geringe Summen. Schließlich versuchte es Jane noch in einem kleinen Laden in der Nähe des Britischen Museums. Jane wußte, daß das Schmuckstück relativ wertvoll war, aber der Juwelier behauptete, mehr als sieben Pfund könnte er nicht dafür bieten, da sich augenblicklich niemand für derartige Sachen interessieren würde. Darüber war Jane sehr erstaunt, denn ein Blick in die umstehenden Vitrinen belehrte sie eines Besseren. Überall lagen und hingen ähnliche Schmuckstücke, die zum Teil nicht einmal so kunstvoll gearbeitet waren wie ihre Kette. Als Jane zögerte, erhöhte der Juwelier sein Angebot nach und nach auf neun Pfund. Jane war einverstanden.

Schließlich waren neun Pfund besser als sieben, und außerdem brauchte sie das Geld jetzt und sofort, wenn sie noch etwas besorgen wollte.

Rasch kaufte sie einen großen, wolligen Bär und einen lustigen, gestreiften Pullover für Caroline, und damit Susan nicht zusehen mußte, kaufte Jane den gleichen Pullover auch für sie. Zuletzt besorgte sie noch gebratene Hähnchen, was zwar reiner Luxus war, aber dafür den Vorteil hatte, daß alle davon essen würden.

Caroline war überglücklich mit ihrem neuen Bär. Sie trug ihn im ganzen Haus umher und zeigte ihm die Aussicht aus den verschiedenen Fenstern. Für dieses Glück hätte Jane, ohne zu überlegen, noch ganz andere Dinge geopfert. Dagegen war der gestreifte Pulli als Geschenk für die kleine Susan ein voller Mißerfolg. Zu spät fiel Jane ein, daß Susan über ihren duftigen Prinzessinnenroben allenfalls ein zartes Angorastrickjäckchen trug; sie besaß offenbar überhaupt keine fröhlich bunten Kinderkleider. Im stillen hatte Jane gehofft, daß sich die beiden Mädchen durch die gleichen Pullover einander etwas näherkommen würden, aber wahrscheinlich würde Susan ihren Pullover niemals tragen dürfen. Caroline sah richtig süß aus in ihrem Pulli und den langen Cordhosen. Sie schleppte glücklich ihren Bär herum und schien plötzlich wieder genauso fröhlich zu sein wie früher.

Mrs. McGregor stopfte Susans Pullover in die häßliche, braune Kunststofftasche, die sie überallhin zu begleiten schien, und sagte: »Hoffentlich gibt es nachher keine Tränen, wenn sich die Kleine an ihrem Geburtstag so sehr aufregt. Alle diese Geschenke...«

»Wieso? Mehr bekommt sie doch nicht. Sie wird sich bald beruhigen. Ich hoffe, daß sie in Zukunft lieber den Bär mit ins Bett nimmt als die alte Decke.« Rasch verließ Jane das Zimmer und lief zum Bus.

Am selben Abend, als sie wieder einmal atemlos am Bahnhof an der Cannon Street ankam, war der gesamte Bahnhof von Polizei abgeriegelt. Eine gewaltige Menge ungeduldiger Fahrgäste drängte sich auf dem Bahnhofsvorplatz.

»Was ist los? Was ist geschehen?« fragte Jane einen kleinen Mann mit Bowler.

»Ich weiß nicht«, sagte er und drängte wütend nach vorne. »Alles, was ich weiß, ist, daß ich meinen Zug nach Maidstone verpasse. Lassen Sie uns doch endlich durch!«

In diesem Moment gab ein Polizeilautsprecher folgende Meldung bekannt: »Vor kurzem ist eine anonyme Bombendrohung eingegangen. Sobald der Bahnhof durchsucht ist, wird der Zugverkehr wiederaufgenommen. Bis dahin bitten wir Sie um Geduld. Sie können natürlich auch die Verbindungen von den anderen Bahnhöfen benutzen.«

Aber nach Culveden gab es keine andere Verbindung!

»Unglaublich! Diese blödsinnigen Proteste!« erregte sich der kleine Mann mit dem Bowlerhut neben Jane. »Sie nennen sich ›Brigade der Gerechtigkeit‹ oder so ähnlich und was tun sie? Sie bereiten Leuten, die ihnen nichts getan haben, ja, die sie überhaupt noch nicht einmal kennen, die allergrößten Unannehmlichkeiten! Denen würde ich schon zeigen, was hier Gerechtigkeit heißt! Aufhängen würde ich sie! Die Todesstrafe hätte eben nie abgeschafft werden dürfen, das habe ich ja schon immer gesagt! Jetzt sucht die Polizei stundenlang, und was findet sie letzten Endes? Nichts ... wie gewöhnlich.«

Stundenlang! Jane bekam weiche Knie. Sie blickte auf ihre Armbanduhr. Schon halb sechs! Sie mußte *sofort* zu Hause anrufen und Mrs. McGregor erklären, was geschehen war. Vielleicht würde sie eine Ausnahme machen und bei den Kindern bleiben.

Geduldig stellte sich Jane in die Schlange vor der Telefonzelle, die, dem Andrang nach zu urteilen, die einzige funktionierende in ganz London zu sein schien. Nach endlosen Minuten war Jane an der Reihe ...

Sie legte den Hörer auf und stand einen Augenblick regungslos in der Zelle und wandte sich erst erschrocken um, als eine wütende Frau mit einer Münze an die Glasscheibe hämmerte. Rasch verließ Jane die Zelle, während sich die andere Frau bereits neben ihr hineindrängelte.

An wen sollte sie sich wenden? Von wem durfte sie Hilfe erwarten? Mrs. McGregors triumphierende Stimme hallte noch in

Janes Ohren. Das mußte der größte Triumph für diese Frau gewesen sein!

»Nein, Madam, es tut mir leid. Mein Mann bekommt heute Besuch. Nein, ich kann auf gar keinen Fall länger bleiben. Nicht eine Minute. Völlig ausgeschlossen! Die Kinder mitnehmen? Wo denken Sie hin! Wir bekommen Besuch! Und außerdem ... wie sollte ich denn alle drei transportieren?«

Die wütende Frau hatte inzwischen die Telefonzelle wieder verlassen. Im Augenblick stand ein alter Mann vor dem Apparat und studierte mühsam die Bedienungsanweisung. Geduldig stellte sich Jane ein zweitesmal an, betrat schließlich die Zelle und rief in Grahams Büro an. Seine Sekretärin war am Apparat.

»Hier ist Mrs. Drummond. Geben Sie mir meinen Mann, bitte!«

Wenn Graham gleich losfuhr, konnte er es noch schaffen. Er mußte einfach!

»Es tut mir leid, aber Mr. Drummond war heute den ganzen Tag über in Hastings ... Nein, er kommt heute abend nicht mehr ins Büro ... Eine Nummer in Hastings? Nein, auf der Baustelle ist nirgendwo ein Telefon.«

Ratlos blickte Jane auf den schwarzen Hörer. Was nun? Wen konnte sie noch anrufen? Miß Ames machte zur Zeit für vierzehn Tage Ferien. Sollte sie sich an die Polizei in Culveden wenden? Das würde ihre Beziehungen zu den McGregors und Graham zwar nicht gerade verbessern, aber es schien ihr der einzig mögliche Ausweg zu sein. Krampfhaft suchte sie in allen Taschen nach Münzgeld, konnte aber keines finden und drängte sich entschlossen durch die Menge in Richtung auf den Kiosk.

»Janey! Da bist du ja! Ich habe den ganzen Bahnhof nach dir abgesucht.«

Der Klang dieser Stimme war ihr in diesem Augenblick sogar noch willkommener, als es das Geräusch des einfahrenden Zuges je hätte sein können!

»*Tom!* Oh, Tom, ich bin völlig verzweifelt!« Ganz außer Atem berichtete sie ihm von ihren vergeblichen Versuchen, jemanden für die Kinder aufzutreiben. Dabei standen ihr die Tränen in den Augen. »Stell dir nur vor, in einigen Minuten werden sie *ganz allein* sein! Diese – diese verdammte Frau geht einfach weg. Ich bin ganz außer mir, am liebsten würde ich einen Hubschrauber mieten!«

»Na warte, diese Hexe soll mich kennenlernen. Aber zuerst hörst du auf, dich so aufzuregen. Seit einigen Tagen wohnt mein Freund Peter Anstey bei mir, weil wir ein gemeinsames Projekt besprechen wollen. Ich rufe ihn jetzt sofort an und bitte ihn, auf die Kinder aufzupassen, bis wir zurückkommen. Er ist ein erfahrener, langjähriger Mitarbeiter von BBC und gutmütig wie ein Bär. Du kannst dich völlig auf ihn verlassen.«

Während er sprach, hatte er einen Weg durch die Menge gebahnt, und jetzt betrat er, mit einem freundlichen Nicken für den Mann, der eigentlich an der Reihe gewesen wäre, die Telefonzelle. Jane hörte die Leute flüstern: »Hast du gesehen, wer das war?«

»War es nicht Tom Roland?«

»Ja, ich bin sicher, er war es!«

Offensichtlich nahm niemand es Tom übel, daß er sich vorgedrängt hatte. Diese Welt ist doch wirklich ungerecht, dachte Jane, aber gleichzeitig wurde sie sich bewußt, daß sie in diesem Fall davon profitierte. Sie beobachtete, daß Tom zwei kurze Gespräche führte.

»Das hätten wir«, sagte er, als er die Zelle wieder verlassen hatte. »Ich habe uns ein Mietauto bestellt, das uns in fünf Minuten am Bahnhofsplatz erwarten wird, falls wir uns bis dorthin durchkämpfen können. Wenn wir uns sehr beeilen, können wir uns vorher vielleicht sogar noch einen Drink genehmigen.«

Aber Jane entschied sich für ein Sandwich.

Als sie dann einige Minuten später in den weichgepolsterten Sitz der riesigen Limousine sank, den großen Rücken des Chauffeurs vor sich sah und spürte, wie das Auto sie in gleichmäßiger ruhiger Fahrt ihrem Ziel näher brachte, konnte sie sich nicht länger zusammennehmen. Ihr Kopf sank auf Toms Schulter, und sie konnte die Augen nicht mehr offenhalten.

»Entschuldige, Tom«, sagte sie mühsam, »aber ich kann nichts dafür, ich bin so müde.« Sie fühlte sich wie erlöst.

»Schlaf nur«, sagte er lächelnd. »Ich nehme es als Zeichen deines Vertrauens.«

Aber das hörte Jane schon nicht mehr.

Doch eine Viertelstunde später war sie bereits wieder wach; einige Augenblicke überlegte sie, wo sie war und vor allem wie sie in dieses Auto gekommen war. Wessen Arm lag da um ihre Schultern? Grahams?

»Schau doch nicht so entsetzt«, sagte Tom lachend. »Ich finde, daß man nur mit einer Stütze bequem schlafen kann. Leg dich wieder hin, wir sind noch lange nicht da.«

»Nein, ich bin wieder ganz wach, und es geht mir schon viel besser«, sagte sie und setzte sich gerade hin.

»Du reibst dich langsam aber sicher auf«, sagte Tom. »Diese ewige Hetze vom Bus in den Zug und umgekehrt.«

»Trotzdem macht es Spaß«, sagte Jane mit einem etwas schiefen Lächeln.

»Macht Graham sich denn keine Sorgen um dich? Du bist ein richtig dünnes, kleines Gespenst geworden.«

»Graham hat genug andere Sorgen. Er hat im Augenblick sehr viel zu tun.«

»Wo habt ihr euch eigentlich kennengelernt?« fragte Tom plötzlich ohne Zusammenhang.

»In Malta. Graham arbeitete damals für eine Firma, die in Malta Feriensiedlungen errichtete.«

»Und was hast du dort gemacht?«

»Ich habe meinen Vater versorgt. Wir waren vor einigen Jahren nach Malta gezogen, weil meine lungenkranke Mutter das Klima besser vertrug. Nach ihrem Tod sind wir dort geblieben, denn inzwischen hatte sich Malta als idealer Ausgangspunkt für die Reisen meines Vaters zu den verschiedenen Ausgrabungsstätten erwiesen. Er war nämlich Archäologe, mußt du wissen.«

»Müßte ich seinen Namen kennen?«

»Julius Dillon.«

»Professor Dillon! Natürlich kenne ich ihn. Er ist vor sieben oder acht Jahren gestorben, nicht wahr?«

»Ja, er war in den letzten Jahren sehr krank.«

»Und damals hast du Graham geheiratet?«

»Ja.«

»Da hast du sicher kein leichtes Leben gehabt!«

»Aber nein«, versuchte Jane verwirrt zu beschwichtigen. »Nachdem mein Vater tot war, gingen Graham und ich nach London, und ich nahm die Stellung bei der Folia-Filmgesellschaft an.«

»Und da haben wir uns dann getroffen.«

Damit schien das Thema erledigt, denn nun begann Tom lang und ausführlich zu schildern, wie ihn die Gemeindeverwaltung von Culveden daran hindern wollte, in seinem Haus eine nicht genehmigte, zweite Toilette zu installieren, obwohl er in vielen Briefen und Telefonaten bereits unzähligemal darauf hingewiesen hatte, daß er erstens bereits eine zweite, und zwar genehmigte Toilette besaß, und daß zweitens sein Nachbar derjenige wäre, der eine zweite Toilette bauen wollte. »Ich sage dir, mit diesen örtlichen Behörden kann man lustige Geschichten erleben! Übrigens, da wir gerade von meinem Haus sprechen, fällt mir McGregor ein. Im Grunde genommen mißtraue ich diesem Mann, aber ich brauche ihn so nötig wie das tägliche Brot, denn seit er mein Haus und mein Grundstück versorgt, läuft alles reibungslos. Er sagte mir neulich, daß der Mäher nicht ganz in Ordnung ist. Er mäht ein wenig schief. Ich habe mich also entschlossen, den Preis um die Hälfte zu senken, wenn Graham das Ding unbedingt behalten will. Sonst nehme ich ihn auch ohne weiteres wieder zurück, und ihr braucht euch wegen der Bezahlung keine Gedanken mehr zu machen. Sagt nur einfach McGregor, daß er das Ding wieder in meinen Schuppen stellen soll.«

»Ich verstehe gar nichts mehr! Hat Graham denn die Mähmaschine noch nicht bezahlt?«

»Das eilt doch überhaupt nicht«, sagte Tom beschwichtigend. »Ich sagte ihm damals, daß er mir das Geld gelegentlich geben sollte, aber das erübrigt sich ja jetzt. McGregor soll das Ding zurückbringen, denn schließlich ist ein defekter Mäher fast noch schlimmer als überhaupt keiner.«

In Janes Kopf überschlugen sich die Gedanken. Weshalb hatte Graham den Mäher noch nicht bezahlt? Sie hatte ihm das Geld von der Folia-Gesellschaft doch bereits vor einer Woche gegeben! Hatte er es vielleicht vergessen? Aber nein, die beiden hatten sich inzwischen einigemal im Pub getroffen. Wo war das Geld also geblieben? Im Augenblick hatte Graham offensichtlich nichts mehr. Was hatte er nur damit gemacht?

Als sie im Weir View House ankamen, war alles ruhig und friedlich. Donald schlief in seinem Bettchen im Windfang, und im Wohnzimmer gab der bekannte Schauspieler Peter Anstey gerade eine vielumjubelte Privatvorstellung für Caroline, die sich vor Entzücken und Glück überhaupt nicht mehr zu fassen wußte. Ein Glas Bier und eines voll Orangensaft standen unberührt auf einem Tisch; der Darsteller und sein Publikum waren viel zu beschäftigt, um an leibliche Genüsse zu denken.

Mit einem Schlag wurde es Jane schmerzlich bewußt, daß sie Caroline schon lange nicht mehr so fröhlich und unbefangen erlebt hatte.

»Mami! Mami! Hör mal, wie Peter den Wolf macht!« Caroline schmiegte sich kurz in die Arme ihrer Mutter, dann lief sie wieder zu Peter und zog ihn an der Hand. »Komm, mach es ihr vor!«

Peter sah mit seinen wuscheligen Haaren und der feinen Goldrandbrille wirklich wie der personifizierte Märchenonkel aus, und seine Stimme klang, als käme sie tief unten aus dem Keller: »Guten Tag, Mrs. Drummond.«

»Sie sind wahrhaftig ein Engel«, begrüßte Jane ihn voll Herzlichkeit. »Ich weiß gar nicht, wie ich mich bei Ihnen bedanken soll.«

»Es war ein wunderbarer Abend«, erwiderte Peter, der ganz offensichtlich Kanadier war. »Caroline und ich haben uns großartig amüsiert.«

»Ich hoffe, sie war eine gute Gastgeberin!«

»Anfangs war sie ziemlich mißtrauisch, aber glücklicherweise kam ich gerade, als Ihre Hilfe gehen wollte. Außerdem hatten Tom und ich die Kinder bereits einmal in der Stadt getroffen. Ich war ihnen also nicht allzu fremd.«

»Oh, dann wußte also Mrs. McGregor, daß Sie auf die Kinder aufpassen würden.«

Vielleicht hätte sie sie sonst doch nicht alleingelassen, dachte Jane. Vielleicht habe ich ihr unrecht getan. Jane ging in die Küche, um die dunkelroten Rosen, die Tom für sie gekauft hatte, in die Vase zu stellen und noch zwei Gläser zu holen. Was würde Graham wohl sagen, wenn er heimkommen und Peter und Tom in seinem Wohnzimmer vorfinden würde? Selig wäre er, das wußte sie.

Aber Graham kam nicht, und nachdem Tom seinen Drink ziemlich rasch ausgetrunken hatte, sagte er: »Peter, ich glaube, wir sollten jetzt gehen. Jane möchte ihre kleinen Geister sicher ins Bett bringen.«

»Wenn ich nur wüßte, wie ich das wiedergutmachen soll«, sagte Jane, während sie die beiden zur Tür brachte. »Ich darf mir gar nicht ausmalen, was hätte geschehen können, wenn . . .«

»Beruhige dich, Janey. Peter hat es schließlich gern getan. Du bringst jetzt die Kinder ins Bett, und wenn du mir einen ganz großen Gefallen tun willst, dann legst du dich auch möglichst schnell hin und ruhst dich einmal richtig aus.«

Einen Augenblick lang sah es so aus, als wollte er noch etwas sagen, aber dann besann er sich, drehte sich schnell um und lief hinter seinem Freund her.

Graham kam erst sehr spät in der Nacht nach Hause. Jane hatte Toms Rat nicht befolgen können, denn als sie das Essen vorbereitet und die Wäsche gewaschen hatte, war es wieder einmal halb zwölf gewesen. Kaum hatte sie sich hingelegt, war sie auch schon in einen tiefen Schlaf der Erschöpfung gesunken. Nur undeutlich hatte sie irgendwann in der Nacht Licht im Zimmer bemerkt und festgestellt, daß Graham wohl gerade nach Hause gekommen war.

Sie hatte sich fest vorgenommen, Graham gleich am nächsten Morgen nach dem Geld zu fragen, aber daraus wurde nichts, denn Graham stand erst sehr spät auf, kam mißmutig und mit rotunterlaufenen Augen in die Küche, stürzte eine Tasse Kaffee in sich hinein und verließ das Haus, während Jane gerade im oberen Stockwerk Carolines nasses Bettuch abzog.

Als Jane das Zuschlagen der Haustür hörte, beugte sie sich aus dem Schlafzimmerfenster und beobachtete, wie Graham sich im Windfang kurz über das Bettchen seines Sohnes beugte.

»Graham!« rief sie, aber er antwortete nicht. Vielleicht hatte er sie auch gar nicht gehört. Auf jeden Fall verschwand er in Richtung Garage.

»Vati hat uns überhaupt nicht ›Auf Wiedersehen‹ gesagt«, bemerkte Caroline trocken, die inzwischen hinter ihrer Mutter ins Schlafzimmer gekommen war. »Warum hat er das getan?«

»Ich nehme an, er mußte heute besonders schnell weg. Wahrscheinlich ist ihm eine schrecklich eilige Sache eingefallen.«

»Ich mache jetzt jede Nacht ins Bett, oder?« fragte Caroline, und in ihrer Stimme klang die Hoffnung, daß Jane ihr prompt widersprechen würde.

»Das sollte dich nicht kümmern, Schätzchen. Du wirst sehen, daß das ganz von allein wieder aufhört. Warum nimmst du den Bär nicht mit ins Bett?« fragte Jane, während sie das Laken glattzog und das Bett machte.

»Weil er Angst hat, auch naß zu werden.«

»Ich glaube nicht, daß ihm das etwas ausmachen würde. Verflixt, da kommt schon Mrs. McGregor. Ist es denn schon Viertel nach acht?« Liebevoll schloß Jane Caroline in die Arme. »Ich würde jetzt viel lieber bei euch bleiben«, sagte sie.

»Und warum tust du es dann nicht?« fragte Caroline.

»Weil wir das Geld, das ich verdiene, dringend brauchen. Aber es dauert nicht mehr lange. Bald ist die Arbeit zu Ende, und dann bin ich wieder den ganzen Tag über bei euch.«

»Das müßte schon heute sein!« sagte Caroline, und ihre Lippen begannen zu zittern, als sie Mrs. McGregor und Susan kommen sah.

Wie immer hatte Graham sich auch heute überhaupt nicht um den Stapel Rechnungen gekümmert, der mit der Morgenpost gekommen war, und deshalb nahm Jane sie mit, um im Zug in Ruhe alles durchzusehen. Sie erwartete demnächst wieder die kleine Dividende aus ihres Vaters bescheidenem Vermögen und hoffte, davon einen Teil der Rechnungen bezahlen zu können, so daß sie sich nicht in unzähligen Diskussionen mit Graham um jeden einzelnen Betrag zanken mußte. Mit allen nur möglichen Mitteln versuchte er regelmäßig, sich vor der Bezahlung der Rechnungen zu drücken, und sie war es einfach leid, die ewigen Mahnungen entgegenzunehmen.

Heute war ausnahmsweise auch ein Umschlag dabei, der einmal keine Rechnung enthielt. Neugierig nahm Jane den unordentlich abgerissenen Zettel, der offensichtlich von einem Notizblock stammte, heraus und starrte ungläubig auf die Worte:

Ihre Frau hat was mit Mr. Roland.

Natürlich ohne Unterschrift. Jane drehte und wendete den Umschlag. Die Adresse war mit Schreibmaschine geschrieben, und unter der Briefmarke klebte noch eine andere. Der Umschlag stammte also aus irgendeinem Papierkorb und war noch einmal benutzt worden.

Wieder las sie den kurzen Satz. Ganz offensichtlich war diese Nachricht für Graham bestimmt. War das der erste Brief oder hatte er bereits ähnliche bekommen?

Plötzlich bemerkte Jane, daß die Frau, die neben ihr saß, neugierig auf den Papierfetzen starrte. Errötend faltete Jane das Papier zusammen und schob es mit leicht zitternden Fingern in ihre Handtasche.

Was Graham wohl gesagt hätte, wenn er diesen Umschlag heute morgen geöffnet hätte? Ihr wurde ganz schlecht bei dem Gedanken, daß dieser Brief möglicherweise gar nicht der erste und einzige war. Und während sie auf die beschlagenen Scheiben starrte, an denen dicke Tropfen herunterliefen, sah sie immer wieder diesen Zettel vor sich. Das Schlimmste an dieser ganzen Sache war, daß die Schrift klar und eindeutig von Caroline stammte.

Was habe ich nur getan, was, um Himmels willen, daß mich diese Frau so sehr haßt, fragte sich Jane, aber sie fand keine Antwort.

Der nächste Sonntag war ein Geschenk des Himmels, denn ausnahmsweise schien endlich einmal die Sonne. Jane genoß ihre Freiheit an den Wochenenden ausgiebig: Sie spielte mit den Kindern, trug ihre ältesten Jeans, las Caroline vor und fühlte sich in ihrem Haus für zwei kurze Tage wirklich zu Hause.

Um so härter traf es sie, als sie an diesem Sonntag aus dem

Fenster sah und Mr. McGregor, der sich wirklich gewissenhaft um den Garten kümmerte, beim Rasenmähen erblickte. Das eigentlich Schlimme an diesem Anblick waren die beiden winterlich verpackten Gestalten, die sich mitten auf der Wiese auf einer Decke niedergelassen hatten: Ohne Zweifel waren das Mrs. McGregor und die kleine Susan. Die Lust auf ein Sonnenbad war Jane gründlich vergangen!

»Herrgott«, sagte sie, »müssen diese Leute uns jetzt auch noch am Sonntag heimsuchen! Bisher war ich der Meinung, daß sie ein eigenes Zuhause haben!«

»Warum, um alles in der Welt, sollen sie denn nicht hierherkommen?« fragte Graham etwas gereizt. »McGregor kann den Rasen nur schneiden, wenn es einigermaßen trocken ist. Du solltest dich lieber freuen, daß er seinen Sonntag opfert. Wenn du doch diese ewige Krittelei einmal lassen würdest!«

Die letzten Worte hatte er fast herausgeschrien. Entsetzt bemerkte Jane die dunklen Ringe unter seinen Augen. Wirklich, er sah gar nicht gut aus, außerdem war er in letzter Zeit richtig mager geworden. Hatte er nicht auch viel mehr graue Haare bekommen?

»Du arbeitest viel zu viel«, sagte Jane. »Kannst du dein Tempo nicht ein wenig drosseln?«

»Du weißt genau, daß ich dafür sorgen muß, daß der Laden läuft.«

Sie seufzte, und ihre Augen wanderten wieder zu Mrs. McGregor und Susan, die da draußen saßen, als sei das kein Garten, sondern ein öffentlicher Park. Wie zwei fette Raupen auf einem Salatblatt. Parasiten.

»Ich wünschte, sie wären zu Hause geblieben«, murmelte Jane. »Sie verderben uns den ganzen schönen Tag!«

»Du bist wirklich nicht sehr entgegenkommend«, bemerkte Graham pikiert. »McGregor arbeitet schließlich freiwillig, außerdem ist der Garten wirklich groß genug!«

»Schließlich haben sie ja auch einen eigenen Garten! Wenn ich hinausgehe, muß ich wohl oder übel mit ihnen reden, und das paßt mir nicht.«

»So? Was ist daran so schlimm? Bist du dir zu gut, um mit der Frau des Gärtners ein paar Worte zu wechseln?«

Jane merkte, daß Graham sie nicht verstehen wollte, und sagte nichts darauf. Plum sprang auf ihren Schoß und schmiegte sich behaglich schnurrend an Jane, die eine ganze Weile grübelte und schließlich mit deutlich sichtbarer Überwindung fragte: »Graham? Warum hast du eigentlich den Rasenmäher noch nicht bezahlt?«

»Ich habe ihn ...«, begann er, aber Jane schnitt ihm das Wort ab.

»Ich schwöre dir, ich habe es nur zufällig erfahren. Vorgestern hat mich Tom Roland abends nach Hause gefahren und mir dabei gesagt, daß der Mäher nicht ganz in Ordnung sei und er ihn dir für die Hälfte verkaufen oder aber ihn auch ohne weiteres wieder zurücknehmen würde. Aus seinen Worten konnte ich schließen, daß du den Mäher noch nicht bezahlt hast.«

»*Mir* hat McGregor noch nichts davon gesagt, daß das Ding nicht richtig funktioniert. Ich werde ihn gleich danach fragen.«

Entschlossen stand Graham auf, aber bevor er entwischen konnte, sagte Jane: »Das ist doch im Augenblick nicht so wichtig, Graham. Ich möchte viel lieber wissen, weshalb du Tom sein Geld noch nicht gegeben hast. Was hast du mit dem ganzen Geld gemacht?«

»Ich habe es noch«, sagte Graham ausweichend. »Ich wollte Tom heute das Geld geben. Falls ich ihn heute nicht sehe, regle ich die Angelegenheit gleich am Anfang der nächsten Woche. Außerdem«, begann er plötzlich fast beleidigt, »was geht es dich eigentlich an, wann ich Tom das Geld gebe?«

»Ich denke doch, daß ich da ein Wörtchen mitzureden habe. Schließlich habe ich dieses Geld ja verdient!«

»Typisch weibliche Argumentation! Du hast wohl Angst, daß deine guten Beziehungen zu Tom Roland darunter leiden könnten?«

»Was meinst du damit?« fragte Jane ruhig.

»Und was soll ich davon halten?« fragte Graham, wobei er einen zerknitterten Fetzen Papier aus seiner Tasche holte.

Sofort sah Jane, daß es das gleiche Papier war wie das, das sie neulich selbst in der Hand gehabt hatte. »Du weißt ja hoffentlich, wer dafür verantwortlich ist«, sagte sie. »Mrs. McGregor nämlich!«

»Es ist mir völlig gleichgültig, wer diesen Wisch geschickt hat«, sagte Graham. »Ich frage mich nur, ob an der Nachricht etwas Wahres dran ist.«

»Natürlich ist kein Wort wahr, und das weißt du auch ganz genau!« sagte Jane kühl und bestimmt.

»Und woher sollte ich das wissen?« fragte Graham wütend. »Denkst du, ich halte mir hier eine ganze Herde klatschsüchtiger Dorfweiber, die mich immer über alles auf dem laufenden halten? Woher soll ich also wissen, was in meinem Haus vorgeht, wenn ich einmal spät nach Hause komme? Ich nehme an, daß Tom und dieser Anstey irgendwann einmal abends hier in diesem Haus waren, und ich wüßte zu gern, ob noch mehr solcher trauten Begegnungen stattgefunden haben.«

»Du weißt genau, daß es nie irgendwelche trauten Begegnungen, wie du das nennst, gegeben hat!«

Irgendwann mußte der Rasenmäher bestellt worden sein. Jane sah einen Schatten am Fenster, und als sie hinaussah, erblickte sie McGregor, der gerade Blumen in das Beet am Haus pflanzte. Plötzlich richtete er sich auf, sah Jane kurz an und entfernte sich dann quer über den Rasen.

Als Jane sich wieder Graham zuwandte, bemerkte sie, daß er ganz rot geworden war und sie nicht ansehen mochte. Sie hatte das Gefühl, daß er hinter der Maske der Entrüstung etwas verbergen wollte. Aber was? Zufriedenheit? Oder wollte er vielleicht sogar, daß sie *wirklich* mit Tom Roland flirtete?

»Ich kann das nicht mehr aushalten«, sagte Jane plötzlich und verließ das Zimmer. Plum, die während des Wortwechsels von Janes Schoß heruntergesprungen war, folgte ihr miauend.

Draußen im Flur kam ihnen Caroline entgegen. Sie trug ihren Bär im Arm und hielt ihre rosa Decke ans Gesicht gepreßt.

»Warum bleibst du nicht draußen in der schönen Sonne?« fragte Jane.

»Ich will nicht«, antwortete Caroline. »Susan und ihre Mutter sind gekommen, und Susan stört mich immer beim Spielen.«

Jane hatte das schon früher einmal beobachtet. Immer, wenn

Caroline mit etwas spielte, kam Susan zu ihr, stellte sich dicht neben sie oder verfolgte Caroline auf Schritt und Tritt, dann nahm sie ihr, ohne Absicht oder bösen Willen, das Spielzeug weg und hielt es krampfhaft in ihren Händen fest, ohne damit zu spielen.

»Na gut«, sagte Jane. »Ich weiß, was wir beide jetzt machen! Wir fahren mit dem Bus spazieren. Schnell! Wir müssen flitzen, sonst fährt uns der nächste Bus vor der Nase weg.«

Schon vor einiger Zeit hatte Jane festgestellt, daß der Bus, der vor ihrer Haustür abfuhr, zuerst zum Bahnhof und dann in einer weiten Schleife quer über die Hügel bis in das etwa zehn Kilometer entfernt liegende Fernden fuhr und auf einer anderen Strecke wieder nach Culveden zurückkehrte, wo er dann die zweite Hälfte der wie eine Acht geformten Strecke nach Culveden-Süd und wieder zurück zum Bahnhof in Angriff nahm. Die ganze ›Reise‹ dauerte etwa zwei Stunden und führte durch eine wunderbare unberührte Hügellandschaft, die man von dem gemütlich dahinschaukelnden Bus aus mit Gemütsruhe betrachten konnte.

Mit einigem Glück würden die McGregors bis zu ihrer Rückkehr verschwunden sein.

Am Sonntag machte es richtig Spaß, Bus zu fahren. Ohne Berufstätige, ohne Kauflustige und ohne Schulkinder war der Wagen fast leer; nur gelegentlich stiegen einige alte Leute ein und begleiteten Jane und Caroline für einige Stationen. Jane seufzte, weil ihr plötzlich wieder ihr Vater eingefallen war. Er hatte damals Graham recht gerne gemocht, und sie waren gut miteinander ausgekommen.

»Ich hoffe, ihr beide heiratet eines Tages«, hatte er einmal gesagt. »Graham ist äußerst tüchtig und wird sicher seinen Weg machen. Bei ihm bist du gut aufgehoben.« Kurze Zeit später war Professor Dillon gestorben. Heute war Jane geneigt, ihm ein gewisses Wunschdenken zu unterstellen.

Glücklich lehnte Caroline an der Schulter ihrer Mutter. Den Bär hielt sie eng umschlungen, und ab und zu brummte sie ein kleines Liedchen vor sich hin. Mit großen Augen bewunderte sie die Landschaft, die wie ein riesiges Bilderbuch vor dem Fenster vorbeizog: Eichenwälder wechselten mit freiem Feld, Hügel schoben sich vor den Horizont, kleine Häuschen spazierten vorbei, ab und zu eine Brauerei und dann wieder Eichenwälder.

»Wie Plum«, bemerkte Caroline plötzlich nachdenklich.

»Was, Schätzchen?« fragte Jane, die gerade darüber nachgedacht hatte, wie ähnlich Caroline ihrem Großvater war.

»Die da«, sagte Caroline und deutete auf die Schornsteine einer Darre. Sofort sah Jane, was Caroline meinte. Die Kappen der beiden Schornsteine waren rauchgeschwärzt und erinnerten wirklich verblüffend an die beiden schwarzen Ohren des Siamkaters.

Was Graham wohl mit dem ganzen Geld gemacht hatte? Jane war fast sicher, daß er das Geld ausgegeben hatte, aber wofür? Jane wußte so wenig von dem, was ihr Mann tat, und es hatte geradezu den Anschein, als wolle er alles vor ihr geheimhalten. Früher war das einmal ganz anders gewesen; da hatten sie alles offen miteinander besprochen. Oder bildete sie sich das heute nur ein? Als sie ihn kennengelernt hatte, war sie von seinem Charme, seiner Zielstrebigkeit und seiner großen Verehrung so überwältigt und gefesselt gewesen, daß sie möglicherweise übersehen hatte, daß alles nur Tarnung für bestimmte Züge seines Wesens sein sollte, die er nur ungern offenbarte.

War das möglich? Und was würde geschehen, wenn jetzt plötzlich die Wahrheit ans Licht kommen würde? Jane kam es vor, als lebte sie auf einem Pulverfaß oder einem Vulkan. Einerseits wollte sie zu gern hinter die Fassade blicken, andererseits hatte sie schreckliche Angst davor, daß dann letzten Endes eine Trennung unvermeidlich sein würde. Wie würde ihr Leben dann aussehen? Die Trennung der beiden Kinder wäre unvermeidlich, Caroline müßte weiterhin in der Obhut einer fremden Frau bleiben, damit ihre Mutter arbeiten gehen konnte, vielleicht sogar bei der Folia-Filmgesellschaft. Unterhaltszahlungen von Graham? Nein, das war sicher ausgeschlossen, denn welches Gericht wäre wohl in der Lage, ihr eine finanzielle Versorgung zu sichern, die sie nicht einmal während ihrer Ehe genossen hatte. Und Donald? Was würde aus ihm werden? Wie würde sich Graham sein Leben einrichten, wenn er allein leben müßte?

Oder sollte sie die Augen verschließen und den Dingen einfach ihren Lauf lassen? Aber welcher auch nur einigermaßen ehrliche Mensch wäre wohl in der Lage, diese ungesunde Atmosphäre zu ertragen? Jane wußte genau, daß irgend etwas nicht stimmte und daß Graham dieses ganze Eifersuchtsdrama in bezug auf sie und Tom Roland nur inszeniert hatte, um seine eigenen Probleme und Schwierigkeiten leichter verbergen zu können.

»Schade, daß Donald nicht dabei ist«, sagte Caroline und lutschte hingebungsvoll am Daumen.

»Wie kommst du darauf, mein Liebling? Als wir gingen, hat er doch so fest geschlafen, daß es richtig schade gewesen wäre, ihn zu wecken.«

»Hier ist es so schön. In diesem Wald würde ich gern mal ein Picknick machen. Nur du, Donald und ich.«

»Und Vati, oder nicht?«

»Vati mag doch keine Picknicks«, sagte Caroline. »Nur wir drei, das reicht.«

»Also gut, wir holen das Picknick nach, sobald ich nicht mehr arbeiten muß. An irgendeinem Sonntag.«

»Nächste Woche?«

»Vielleicht. Natürlich nur, wenn es nicht regnet.«

Wahrscheinlich hatte sie deshalb noch nie daran gedacht, ein Picknick zu veranstalten. Seit Ostern hatte es an jedem, aber auch an jedem Sonntag geregnet. Bisher hatte sie die Welt nur durch einen Regenvorhang gesehen und kam sich schon vor wie die Taucher, die in einer Kapsel in das Meer hinabtauchten und die nasse Welt um sich herum mit Staunen betrachteten.

Als der Bus nach einer kleinen Ewigkeit wieder nach Culveden zurückgeschaukelt war und Jane und Caroline schließlich die lange Einfahrt entlanggingen, waren die Eindringlinge noch immer nicht verschwunden. Mrs. McGregor bewegte ihre Stricknadeln, als müßten sie einen Fünfjahresplan in der halben Zeit erfüllen. Susan schien immer noch in genau der gleichen Haltung dazusitzen wie vor Stunden, als Caroline und Jane weggegangen waren.

Graham lag in einem Liegestuhl und sonnte sich. Er wurde sehr schnell braun und war sehr stolz darauf, wenn er als einziger schon knusprig braun war, während alle anderen Leute noch bleich wie die Kartoffelkeime umherliefen. Früher hatte Jane sich über Grahams Eitelkeit amüsiert, aber heute sah sie die Dinge mit anderen Augen. Gelegentlich öffnete Graham seine Augen und rief McGregor eine kurze Weisung zu, die dieser aber, soweit Jane das beurteilen konnte, nicht weiter beachtete.

Als sich Jane und Caroline Graham näherten, kam gerade McGregor mit einer Schubkarre voll Torfmull vorbei. Seine leisen Schritte schien Graham nicht gehört zu haben, denn er hielt die Augen geschlossen und konnte deshalb den Blick nicht sehen, den McGregor ihm zuwarf, als er mit seiner Schubkarre an dem Liegestuhl vorbeifuhr.

Von Panik ergriffen, nahm Jane Caroline an der Hand und zog sie mit sich ins Haus. Schaudernd überlegte sie, weshalb ihr dieser Blick so durch und durch gegangen sein mochte. Was empfand McGregor für Graham? Wut? Nein, eigentlich eher eine gewisse Überlegenheit, vielleicht auch Mitleid. Wie Plum, der einen unschuldigen Grashüpfer noch einige Sekunden lang betrachtet, ehe er ihn frißt?

Caroline spielte im Haus, während Jane ein kaltes Mittagessen vorbereitete, Graham hereinrief, Donald aufweckte und fütterte.

Die McGregors picknickten im Garten wie Zigeuner, denen man gestattete, einige Stunden auf dem Grundstück zu rasten, aber es war eindeutig ein feindlicher Stamm, den man nur duldete.

Auch den ganzen Nachmittag über blieben Mrs. McGregor und Susan auf ihrer Decke sitzen wie angewachsen, und McGregor arbeitete geruhsam vor sich hin. Ganz am anderen Ende des Gartens legte Jane ein kleines Gemüsebeet an und pflanzte die Setzlinge, die sie von Tom bekommen hatte. Caroline wühlte mit Wonne in der frischen Erde und war keine allzu große Hilfe, dafür war sie aber um so glücklicher.

Nach einer ganzen Weile kam Graham zu ihnen und betrachtete ihr Werk. »Du mußt die McGregors unbedingt zum Tee einladen«, sagte er plötzlich. »Du kannst sie nicht den ganzen Tag lang übersehen.«

Sofort wurde Jane bockig, ohne es eigentlich zu wollen. »Ich denke ja gar nicht daran! Schließlich habe ich sie ja nicht eingeladen. Es war ganz allein ihre Idee, heute hierherzukommen.«

»Jane, ein für allemal«, begann er, weiß vor Wut, und seine

Hände zitterten, »ich habe dir gesagt, daß du die McGregors anständig behandeln sollst! Es war schon unverschämt genug, daß du heute morgen so einfach weggegangen bist, ohne auch nur ein einziges Wort mit ihnen zu wechseln. Ich erwarte jetzt von dir, daß du diese Sache wieder in Ordnung bringst, dich wie ein zivilisierter Mensch benimmst und ihnen wenigstens eine Tasse Tee anbietest.«

»Nein, ich will trotzdem nicht. Außerdem haben wir überhaupt keine Kekse mehr, und ich denke nicht daran, meinen schönen Sonntagnachmittag damit zu verbringen, Waffeln oder etwas Ähnliches zu backen! Warum sollte ich auch?«

»Bist du aber halsstarrig! Wo sind denn die ganzen Kekse geblieben?«

»Die haben Mrs. McGregor und Susan verputzt. Ich glaube, die ernähren sich nur von solchem Zeug!«

»Also gut, dann gibt es eben keine Kekse, aber irgend etwas wird dir doch hoffentlich einfallen. Du bist doch wirklich reichlich eingebildet und versnobt!«

»Haben diese McGregors eigentlich irgendwelche Macht über dich?« explodierte Jane. »Du willst doch wohl hoffentlich nicht behaupten, daß du sie so reizend findest, daß du sie unbedingt zum Tee einladen mußt.« In diesem Augenblick schoß ihr ein Gedanke durch den Kopf, und, ehe sie es verhindern konnte, hatte sie ihn bereits ausgesprochen: »Du hast doch hoffentlich nicht, aus welchem Grund auch immer, McGregor *mein* Geld gegeben?«

Grahams Gesichtsausdruck ließ sie verstummen. Jane wandte sich um und sah, wie Mrs. McGregor mit ihren kleinen, energischen Trippelschrittchen näher kam.

»Es wird gleich anfangen zu regnen, Madam«, sagte sie und blickte Jane mit ihren farblosen Augen an, wobei sie Graham völlig ignorierte. »Wenn Sie nichts dagegen haben, würde ich mich gerne mit Susan in die Küche setzen, bis McGregor mit seiner Arbeit fertig ist und wir nach Hause gehen können.«

Natürlich hatte sie recht, dachte Jane. Sie hatte auch schon einige Tropfen gespürt und die Hoffnung auf sonniges Wetter schnell wieder begraben.

»Tun Sie, was Sie wollen«, sagte sie kühl. »Sie können auch

gerne Tee kochen. Die Kekse sind leider ausgegangen. Mich müssen sie entschuldigen, ich gehe noch ins Städtchen.«

Sie drehte sich um und blickte Graham klar und etwas triumphierend an, aber seine Augen spiegelten seine ganze Hilflosigkeit wider, und er blickte weg.

Schon zum zweitenmal lief Jane heute einfach davon. Sie nahm die Kinder mit und ging auf einen kleinen Sprung zu Miß Ames, wo sie auch, was sie sich aber nicht eingestand, Tom Roland zu finden hoffte.

Miß Ames' Café, zu dem in den Sommermonaten auch noch ein kleines Fremdenheim gehörte, lag ein Stück hügelabwärts. Während der Bauzeit ihres Hauses hatten Jane und Graham viele Stunden in diesem Lokal verbracht, und auch bis vor kurzem hatten sie noch recht häufig dort gegessen, weil sich ihre eigene Küche noch in recht mangelhaftem Zustand befunden hatte.

Miß Ames war eine große Dame mit hübscher, rosiger Gesichtsfarbe und entzückenden, grauen Löckchen; über ihren gepflegten Tweedkleidern trug sie blaßblaue Kittel. Sie war eine strenge Vegetarierin und brachte es in bewundernswerter Weise fertig, neben ihrer Arbeit im Lokal auch noch zu weben, ihre Wolle selbst zu spinnen, hübsche Papierblumen herzustellen und außerdem gelegentlich Blockflöte zu spielen. Sie war wirklich ein durch und durch netter Mensch, vielleicht ein wenig verrückt, was sie aber nicht davon abhielt, ausgezeichnet zu kochen und eines der nettesten Lokale zu besitzen. Sonntags hatte sie normalerweise geschlossen, aber für ihre Freunde machte sie eigentlich fast immer eine Ausnahme. Sie begrüßte Jane und die Kinder so herzlich, als habe sie den ganzen Tag darauf gewartet, daß sie endlich kämen.

»Wir wollten uns erkundigen, wie Ihnen die Ferien bekommen sind«, sagte Jane.

»Mein liebes Kind, ich habe mich noch nie so gelangweilt. Und dazu dieses schreckliche Wetter! Na, ich war froh, als ich endlich wieder zu Hause war. Und wie geht es meinem kleinen Liebling Caroline? Du bist ein bißchen blaß, aber das ist ja auch kein Wunder bei diesem ewigen Regen! Caroline, kommst du mit mir in die Küche und hilfst mir beim Kuchenholen? Vielleicht finden wir noch Stachelbeerkuchen.«

»Juchhu!« freute sich Caroline und lief begeistert hinter Miß Ames her, während Jane weisungsgemäß handgeknüpfte Bastmatten auf den Tisch legte und Keramiktassen daraufstellte.

»Löwenzahntee oder Nesseltee?« fragte Miß Ames aus der Küche.

»Was einfacher ist.«

»Also dann Nesseltee. Er ist in diesem Jahr besonders gut!«

Der Nesseltee war dunkelgrün und hatte einen beißenden, etwas scharfen Geschmack. Vielleicht sollte ich den viel öfter trinken, dachte Jane, während sie den Tee schlürfte. Vielleicht wäre ich dann ein wenig widerstandsfähiger und könnte mich leichter zu Entscheidungen aufraffen.

Caroline kletterte auf den Schoß ihrer Mutter und lehnte sich daumenlutschend an sie.

»Geht es ihr zur Zeit nicht gut?« fragte Miß Ames leise, und aus ihren Augen strahlten mehr Zärtlichkeit und Verständnis, als manche Leute in Wochen aufbrachten.

Jane schüttelte den Kopf. »Ich glaube, es ist nur dieses traurige Wetter, das sie ein wenig deprimiert.«

»Geht es uns Erwachsenen denn anders? Sie werden auch froh sein, wenn Sie wieder aufhören können zu arbeiten. London ist doch eine schreckliche Stadt!«

Sie wuschen gerade das Teegeschirr ab, als Peter Anstey und Tom Roland hereinkamen, um Zigaretten zu kaufen, und gleich dablieben, um Caroline noch etwas vorzuspielen. Jane war ganz überrascht, daß auch sie selbst plötzlich Spaß an diesen Darstellungen hatte, und voller Wonne spielten sie eine Märchenszene nach der anderen.

»Sie sollten Schauspielerin werden«, rief Miß Ames begeistert. »Ich bin richtig überrascht, daß Sie bisher noch nicht für den Film entdeckt wurden!«

»Sie ist nicht der richtige Typ«, sagte Tom ernst.

»Was Sie da reden! Sie hat ein so hübsches Gesicht.«

»Das meine ich aber auch. Schließlich habe ich unzählige Angebote aus Rom und Hollywood bekommen, aber ich habe sie alle abgelehnt, weil ich meine Kinder nicht verlassen möchte!«

»Willst du mich verlassen?« Angstvoll klammerte sich Caroline an ihre Mutter.

»Aber nein, Liebes, wir machen doch nur Spaß.«

»Jetzt ist aber Schluß für heute«, rief Miß Ames. »Ich werfe euch jetzt alle vor die Tür, weil ich noch Kuchen für morgen backen muß.«

Peter Anstey schob den Kinderwagen den Berg hinauf und erzählte Caroline lang und breit eine Geschichte vom großen, bösen Wolf. Plötzlich sagte Tom, der mit Jane ein wenig langsamer ging: »Am liebsten würde ich mich immer so mit dir unterhalten, Janey.«

Jane schluckte. Die Stille wurde fast fühlbar. Endlich hatte sie sich wieder so in der Gewalt, daß sie einigermaßen unbefangen sagen konnte: »Und was würden deine Zuschauer am Fernseher dazu sagen?«

»Sie hat eine sehr spitze Zunge«, sagte Tom lächelnd zu Peter, der mit den Kindern an der Einfahrt auf sie gewartet hatte.

Aber seine Augen blickten Jane ganz ernst an.

Als sie sich voneinander verabschiedeten, kamen die McGregors auf ihrem Heimweg an ihnen vorbei. Mr. McGregor nickte Jane kurz zu, aber Mrs. McGregor, die das Fahrrad mit der kleinen Susan schob, blickte mit verkniffenen Lippen ins Nichts. Trotzdem hatte sie sicher keine Einzelheit übersehen, dachte Jane finster. Mit einem kurzen Gruß verabschiedete sie sich endgültig und lief zum Haus.

Nachdem Jane die Kinder zu Bett gebracht hatte, machte sie das Abendessen. Graham war sehr mürrisch und aß nur wenig. Sie wechselten kaum drei Sätze während der ganzen Mahlzeit. Jane überlegte, ob sie die zerbrochene Teekanne erwähnen sollte. Schließlich war es eines ihrer besten Stücke gewesen, und sie war doch ein wenig erstaunt gewesen, als sie die Kanne vorhin neben dem Spülbecken gefunden hatte und der Henkel daneben lag. War das nun ein Zeichen von Ehrlichkeit oder aber der Ausdruck absichtlicher Boshaftigkeit? Jane neigte dazu, das letztere zu glauben, aber trotzdem beschloß sie, die Sache einfach zu übergehen. Wenn man es genau nahm, mußte man ja zugeben, daß die Kanne verflixt schwer gewesen war und außerdem beim Einschenken immer getropft hatte. Morgen würde sie versuchen, den Henkel zu leimen.

»Wo ist eigentlich Plum?« fragte sie, als sie das Geschirr abwusch. »Er hat seinen Fisch noch nicht gefressen. Hast du ihn irgendwo gesehen?«

»Nein«, sagte Graham fast unwillig. Er konnte Katzen nicht besonders gut leiden. »Wahrscheinlich ist er nicht weit. Heute nachmittag war er ja noch im Garten.«

Jane ging zur Hintertür und rief hinaus: »Plum! Puss, puss, puss!«

»Er kommt schon, wenn es ihm paßt«, sagte Graham.

»Ich habe es gar nicht gerne, wenn er bei solch regnerischem Wetter draußen herumläuft. Er erkältet sich doch so schnell, und im Augenblick habe ich keine Zeit, mit ihm zum Tierarzt zu gehen.«

»Wenn du den Menschen genausoviel Aufmerksamkeit zukommen lassen würdest wie dieser Katze ...«

»Ich mag ihn nun einmal und fühle mich auch für ihn verantwortlich«, sagte Jane. »Übrigens, ich glaube, er mag mich auch.«

Sie ging hinaus in den dunklen, nassen Garten und rief seinen Namen, aber Plum blieb verschwunden. Nachdem sich Jane überlegt hatte, daß Plum wahrscheinlich in dem kleinen Gartenhaus, wo er auch früher schon gelegentlich geschlafen hatte, übernachtete, konnte sie sich selbst soweit beruhigen, daß sie auch zu Bett gehen konnte.

Als sie nach dem schmalen Gedichtband greifen wollte, in dem sie zur Zeit immer vor dem Einschlafen las, und den sie deshalb immer unter ihrem Kopfkissen aufbewahrte, konnte sie ihn ausnahmsweise nicht finden, doch dann bemerkte sie, daß er nur hinter das Bett gerutscht war. Mühsam angelte sie das Buch aus dem schmalen Spalt und war sehr überrascht, als auch noch eine Fotografie auftauchte.

»Gehört dieses Foto dir?« fragte sie verwundert und reichte

Graham das Bild. »Ich kann mir nicht erklären, wie es ausgerechnet hierhin gekommen ist.«

Graham warf einen kurzen Blick auf die Fotografie und sagte dann unnötig laut: »Nein, natürlich gehört sie mir nicht. Ich habe dieses Foto noch nie gesehen. Es ist sicher aus deinem Buch herausgefallen.«

»Nein, das kann nicht sein, denn ich habe das Buch erst vor kurzem gekauft, und seitdem lag es immer unter meinem Kopfkissen. Außerdem, was sollte ich wohl mit einem Foto von einem Mietsblock? Wenn ich mich nicht sehr irre, sprichst du doch gerade mit einer Gruppe Leute, oder nicht?«

»Was redest du da? Wie willst du das auf die Entfernung erkennen können? Und dann auch noch von hinten!«

Jane seufzte. »Also, dann weiß nur der Himmel, wie das Foto ausgerechnet hinter unser Bett gekommen ist. Vielleicht hat Mrs. McGregor es verloren, obwohl ich mir nicht denken kann, daß sie heute in diesem Zimmer gewesen ist.«

»Es kann doch schon tagelang dort gelegen haben.«

»Nein, denn ich habe diesen Raum heute morgen gesaugt, aber jetzt reden wir nicht mehr davon. Ich werde Mrs. McGregor morgen fragen.«

Jane rollte sich auf die Seite und knipste ihre Lampe aus. »Gute Nacht, Graham.«

»Ich habe ganz schreckliche Kopfschmerzen. Ich gehe noch ein wenig an die frische Luft.«

Als er zu Bett ging, schlief Jane bereits tief.

Am nächsten Morgen dachte sie überhaupt nicht mehr an das Foto, denn als sie gleich in aller Frühe im Garten nach Plum gesucht hatte, hatte sie ihn tot in einer Kaninchenfalle gefunden, die McGregor ohne ihr Wissen im hinteren Teil des Gartens aufgestellt hatte. Plum war bereits vor einigen Stunden gestorben, und es war kein leichter Tod gewesen! Langsam und qualvoll mußte er eingegangen sein.

Hastig breitete Jane etwas altes Laub über den kleinen Körper und unterdrückte mühsam ihre Tränen, aber sie durfte Caroline nichts davon merken lassen. Am besten, sie erzählte ihr, daß Plum plötzlich krank geworden wäre und Graham ihn zum Tierarzt gebracht hätte, wo er Hilfe finden würde. Nach und nach könnte sie dann dem Kind die schreckliche Nachricht beibringen... Sie haßte zwar Lügen über alles, aber so kurz, bevor ihr Bus fuhr, konnte sie Caroline nicht die Wahrheit sagen.

Im Büro kam ihr dann zum erstenmal der Gedanke, daß Plums Tod möglicherweise ebenfalls kein Zufall gewesen sein könnte, und sie fror bei dem Gedanken, daß jemand einer armen, unschuldigen Katze so etwas antun konnte.

Und Jane glaubte, daß Mrs. McGregor zu solchen Taten fähig war.

»Jane?« fragte eine dünne, kindliche Stimme, nachdem Jane den Hörer ihres Telefons abgenommen hatte. »Ich bin ja so froh, daß ich dich endlich aufgespürt habe. Graham hat mir vor kurzem erzählt, daß du wieder bei der Folia-Gesellschaft arbeitest. Wie geht es dir? Macht die Arbeit Spaß?«

Doch ohne eine Antwort abzuwarten, sprach sie gleich weiter: »Horch mal, kannst du mir einen Gefallen tun? Du bist der einzige Mensch, an den ich mich wenden kann. Ich sitze wieder einmal gründlich in der Patsche. Kannst du mir helfen?«

»Aber natürlich, Ellie.«

Obwohl ihr heute wirklich nicht besonders lustig zumute war, konnte Jane ein schwaches Grinsen nicht unterdrücken. Wann war Ellie einmal nicht in Schwierigkeiten? Sie war eine hübsche, temperamentvolle Blondine und hatte Schwierigkeiten am laufenden Band. Meistens waren es hoffnungslose Liebesaffären mit verheirateten Männern, einmal hatte sie sich einige taktlose Bemerkungen während eines Fernsehinterviews nicht verkneifen können, ein andermal hatte man ihr Unterschlagung vorgeworfen, weil sie nicht in der Lage gewesen war, die Spendenkonten einer karitativen Organisation in Ordnung zu halten, und schließlich hatte man auch versucht, sie wegen Verleumdung anzuklagen, weil sie angeblich in einem Artikel, den sie für ein Underground-Magazin geschrieben hatte, etwas zu offenherzig gewesen war. Eines Tages war sie sogar völlig außer sich in einem Taxi angerauscht gekommen und hatte steif und fest behauptet, daß sie von einem bärtigen, unheimlich aussehenden Mann verfolgt würde.

Jane nahm alle diese Geschichten nie so völlig ernst, weil Ellie bis jetzt immer mit einem blauen Auge und ohne größeren Schaden aus ihren Affären herausgekommen war. Trotzdem war sich Jane natürlich nie sicher, ob das in alle Ewigkeit gutgehen würde, denn Ellie war wirklich ein sehr nettes Mädchen und auf charmante Weise ein wenig dumm und absolut harmlos. Sogar Graham fand sie am nettesten von allen, weil sie überhaupt nicht hochnäsig und eingebildet war wie andere Freundinnen seiner Frau. Sie tolerierte Grahams Launenhaftigkeit, ja sie fand sogar Gefallen daran und war immer bereit, ihn versöhnlich zu stimmen. Falls sie eine andere Meinung von ihm hatte, verstand sie es jedenfalls ausgezeichnet, sie zu verbergen.

»Schließlich müssen wir ja mit den Männern leben«, hatte sie einmal zu Jane gesagt. »Also hilft es nichts, wenn wir ihnen dauernd auf den Zehen herumtrampeln, auch wenn sie davon ungeheure Mengen zu besitzen scheinen. Es ist einfach unvernünftig, mit Männern zu streiten, Schätzchen, denn wenn es erst einmal so weit gekommen ist, hilft nur noch ein einziges Mittel: So schnell wie möglich verlassen!«

Vor wem lief Ellie wohl im Augenblick davon? Vor kurzem war es noch Everard gewesen, der Abgeordneter war und eine schrecklich unduldsame Frau besaß, danach hatte sie Amos, einen Arzt aus Trinidad, verlassen, der daraufhin mit gebrochenem Herzen wieder nach Hause gefahren war. Irgendwann hatte Ellie auch einmal eine gewisse Zeit in einer Vegetarier-Kommune an der Küste von Norfolk verbracht, war aber schließlich ausgestoßen worden, weil sie den Guru fortlaufend bei seiner Meditation gestört hatte. Seitdem hatte Jane den Kontakt verloren; sie hatte Ellie schon seit einer kleinen Ewigkeit nicht mehr gesehen.

»Was ist denn wieder los?«

»Dieses *wieder* hättest du dir sparen können, der Ton deiner Stimme sagt mir alles«, sagte Ellie lachend. »Ich kann dir die ganze Geschichte unmöglich am Telefon erzählen, deshalb wollte ich dich fragen, ob ich nicht vielleicht das nächste Wochenende bei euch verbringen kann? Meine Wirtin will mich rauswerfen — eigentlich hat sie das bereits —, und ich muß mich einmal richtig aussprechen und mir Rat holen. Und das kann ich nur bei dir, du bist meine Zuflucht.«

»Aber natürlich kannst du kommen. Wir freuen uns! Warum kommst du nicht gleich heute abend, wenn du so und so schon kein Zimmer mehr hast?«

»Jane, du bist wirklich ein Schatz, aber heute abend kann ich noch nicht, weil ich noch einige meiner Sachen aus Golders Green holen muß.« Ellies Habseligkeiten waren immer auf wundersame Weise über ganz London verstreut. Zum Teil hatte sie einige Sachen bei einer hastigen Flucht zurücklassen müssen oder aber bereits vorausgeschickt in der Hoffnung, bei dem Besitzer der Wohnung dann auch tatsächlich Unterschlupf zu finden, was aber gelegentlich schiefgegangen war. »Jedenfalls habe ich die Hoffnung, daß mich Wendy und Alec für einige Nächte aufnehmen werden. Aber am Freitag würde ich gerne zu euch kommen. Wie ist es, sollen wir uns nicht am besten am Bahnhof treffen und zusammen nach Culveden hinausfahren? Welchen Zug nimmst du gewöhnlich?«

Jane sagte es ihr. »Ich freue mich richtig auf dich, Ellie«, sagte sie zum Schluß und legte auf. Dann wandte sie sich wieder den Bergen von Papieren zu. Wahrscheinlich würde Ellies Gegenwart Graham und sie selbst ein wenig auf andere Gedanken bringen und die Situation entspannen helfen.

Aber sie hatte sich getäuscht. Graham wurde sogar ausgesprochen wütend, als sie ihm davon erzählte.

»Ausgerechnet dieses blöde Weib! Kannst du mir verraten, was die hier sucht? Wirklich«, sagte er und wurde immer wütender, »ich finde es unerhört, wie die sich so einfach bei uns einlädt, ohne überhaupt zu fragen, ob es uns auch recht ist! Du hast doch im Augenblick so viel um die Ohren, da verstehe ich wirklich nicht, daß du dir noch Ellie aufhalst!«

»Ich mag sie nun mal, und außerdem freue ich mich, daß ich sie endlich einmal wiedersehe.«

»Aber im Augenblick ist es jedenfalls sehr unpassend — wegen deiner Arbeit, den McGregors und überhaupt allem. Ruf sie doch an und lade sie wieder aus!«

»Nein, das werde ich garantiert nicht tun, denn ich freue mich auf sie.«

»Dann werde ich es eben tun«, verkündete Graham finster.

»Das wirst du nicht!« rief Jane. »Außerdem weiß ich ihre Adresse überhaupt nicht, sie ist wieder einmal umgezogen.«

Graham öffnet den Mund, als wollte er etwas sagen, schloß ihn aber sofort wieder und verließ ohne ein weiteres Wort das Zimmer.

Plötzlich fiel Jane ein, daß sie ihn ja noch fragen wollte, was mit der mysteriösen Fotografie geschehen war. Heute morgen hatte sie sie noch oben im Schlafzimmer auf dem Kaminsims liegen sehen. Vielleicht gehörte das Bild doch Mrs. McGregor. Aber was machte sie mit dem Foto eines Wohnblocks? Und wie war es hinter Janes Bett gekommen?

Viel wahrscheinlicher war doch, daß dieses Foto Graham gehörte. Vielleicht hatte er sie angelogen. Jane hatte überhaupt das Gefühl, daß er in letzter Zeit etwas vor ihr zu verbergen suchte. Ich muß ihn unbedingt danach fragen, dachte sie und nahm sich vor, es morgen auf gar keinen Fall zu vergessen.

Sie war todmüde. Am liebsten hätte sie sich einfach fallen lassen. Sie hatte wirklich manchmal das Gefühl, als ob die Schwerkraft auf sie viel stärker einwirken würde als auf die anderen Menschen. Jeder Knochen und jeder Muskel taten ihr weh, und wie gern wäre sie jeden Abend gleich nach dem Essen zu Bett gegangen, aber vorher mußte sie noch die Wäsche erledigen und das Essen für den nächsten Tag vorbereiten. Heute kochte sie ein Stück Schinken, machte schnell einen Kartoffel- und einen Fruchtsalat und bereitete das Gemüse topffertig zu. Wenn Mrs. McGregor dieses Essen auch nicht anrühren würde, so würden doch wenigstens die Kinder ein richtiges Essen bekommen und nicht nur Biskuits.

Ich glaube, dachte sie dann in einem Anfall von Selbsterkenntnis, ich mache das alles nur aus Protest gegen diese Frau und ihren Putzfimmel!

Und wirklich, in diesen Wochen hatte das Haus einen so widerlich strahlenden Glanz angenommen, den es sicher in seinem ganzen Leben nicht mehr erleben würde. Die Möbel standen so ordentlich aufgereiht im Zimmer, daß Jane sich wirklich zusammennehmen mußte, um nicht jeden Abend als erstes wieder alles umzuräumen.

Die abendliche Wäsche wuchs ihr allmählich über den Kopf. Caroline schien täglich mehrere Hosen zu verbrauchen. Machte sie sich jetzt auch tagsüber naß? Jane zerbrach sich den Kopf, wie sie dem Kind helfen könnte, und hatte die Fotografie bereits wieder vergessen.

»Madam, ich muß eine Gehaltserhöhung verlangen«, sagte Mrs. McGregor am Donnerstag, nachdem sie mit verkniffenem Gesicht das vorbereitete Mittagessen betrachtet hatte.

»Wie bitte? Warum denn das?« Jane blickte ungeduldig auf ihre Uhr. Verflixt, nur noch vier Minuten, um den Bus zu erwischen.

»Es ist wegen Caroline, Madam.«

»Was ist denn mit ihr los?« fragte Jane und kannte bereits die Antwort.

»Sie macht sich so oft naß, außerdem ist sie dauernd schmutzig, Madam. Ich habe nicht die Absicht, ohne ein höheres Gehalt diesen Schmutz weiterhin stillschweigend wegzumachen.«

Und ein schlechtes Gewissen hast du wohl überhaupt nicht, du alte Hexe. Wenn das Kind so verzweifelt ist, dann nicht zuletzt durch deine herzlose Behandlung! Vor sechs Wochen war Caroline noch ein lustiges, glückliches Kind gewesen — und was war in so kurzer Zeit aus ihr geworden...

Aber jetzt hatte sie nur noch zwei Minuten Zeit, wenn sie nicht ihren Bus verpassen wollte.

»Sie müssen darüber mit meinem Mann sprechen; er trifft alle Geldentscheidungen«, sagte Jane rasch, umarmte die weinende Caroline und rannte aus dem Haus.

Allmählich formte sich ein Entschluß in ihrem Kopf. Sie konnte zwar nicht plötzlich aufhören zu arbeiten, denn erstens konnte sie die Folia-Filmgesellschaft nicht so einfach im Stich lassen, und außerdem hatte sie ja bereits ihr Geld bekommen. Es von Graham zurückzufordern, wäre ein Ding der Unmöglichkeit, denn er hatte es ganz sicher nicht mehr.

Aber sie konnte versuchen, einen Ersatz für Mrs. McGregor zu finden.

Als sie an diesem Abend nach Hause kam, tönte ihr bereits in der Einfahrt lustiger Gesang entgegen. Drei Stimmen sangen ein fremdartig klingendes Lied, das so hübsch war, daß Jane einen Moment stehenblieb, um zu lauschen. Dann öffnete sie die Tür und ging hinein.

Sobald sie ins Haus trat, hörte der Gesang auf, und die McGregors begannen, ihre Sachen zusammenzusuchen. Ihr Feindseligkeit Jane gegenüber war nicht zu übersehen.

»Ach, wie schade, ich wünschte, Sie hätten nicht aufgehört!« Jane war selbst überrascht, daß sie so freundliche Worte herausbrachte. »Es war ein hübsches Lied. Wie heißt es denn?«

Keine Antwort. Mrs. McGregor knöpfte Susans Mantel zu. Obwohl es Mitte Juli war, blieb das Kind immer noch angezogen wie im tiefsten Winter. McGregor drehte ihnen den Rücken zu und blickte leise pfeifend aus dem Fenster. Jane hatte den Eindruck, es wäre den beiden lieber gewesen, wenn sie diesen Gesang nicht gehört hätte. Mit Worten hätten sie ihre Verachtung für Janes simple Begeisterung nicht deutlicher ausdrücken können. Aber schließlich hatten sie damit rechnen müssen, daß Jane um diese Zeit nach Hause kam.

»Es tut mir leid, daß die Katze tot ist«, sagte McGregor. Er sprach in ruhigem, normalem Ton, aber es war keinerlei Sympathie oder Wärme in seiner Stimme. Und als Jane in seine eng zusammenstehenden, schwarzen Augen sah, wußte sie, daß ihre Vermutung über Plums Tod richtig gewesen war.

»Er war wirklich ein netter Kater, nicht wahr?« sagte nun auch Mrs. McGregor. »Manchmal war er ja ein bißchen wild. Meine Susan hat er ja auch einige Male gekratzt. Vielleicht ist es gut, daß alles so gekommen ist; wer weiß, vielleicht wäre er sonst eines Tages in Donalds Wagen geklettert und hätte ihm etwas angetan.«

Jane konnte sich nur mit Mühe beherrschen.

»Caroline hatte heute wieder einen schlechten Tag«, fuhr Mrs. McGregor fort. »Ich habe ihr dauernd frische Hosen anziehen müssen und ihr daraufhin angekündigt, daß sie in Zukunft weniger zu trinken bekommt. Sie ist jetzt oben in ihrem Zimmer.«

Mit diesen Worten ging Mrs. McGregor hinaus und schloß leise die Tür hinter sich.

Gott sei Dank! Gott sei Dank, dachte Jane, nur noch eine Woche!

Ganz gegen ihre Gewohnheit war Ellie sogar pünktlich am Bahnhof, so daß sie bequem den Fünf-Uhr-zehn-Zug erreichten, aber damit war die Bequemlichkeit auch schon zu Ende, denn, wie immer am Freitag, war auch heute der Zug überfüllt, so daß sie die ganze Fahrt über wie Sardinen zwischen den anderen Leuten eingeklemmt standen und sich überhaupt nicht unterhalten konnten. Ellie sah blaß und mitgenommen aus, dachte Jane, und ihre Augen blickten gar nicht so lustig wie sonst. Außerdem war sie seit damals viel dünner geworden, an den Gelenken war sie überhaupt nur noch Haut und Knochen.

Vor dem Bahnhof in Culveden sah Jane Tom Roland, wie er sich mühsam einen Weg durch die nach Hause eilenden Massen zu bahnen versuchte. Ihr Herz schlug heftig, ja, sie mochte ihn wirklich gern. Er war so freundlich, nett und immer hilfsbereit. Wenn alles schieflief, konnte sie ihn immer um Rat fragen. Genau, er war der Richtige, an ihn würde sie sich wenden!

»Kleine Fahrt gefällig, Janey?«

Sein freundliches Lächeln wärmte Janes Herz.

»Ja, aber hast du auch Platz für zwei Leute? Ich habe heute eine Freundin mitgebracht.«

»Aber natürlich habe ich Platz genug.«

Jane drehte sich nach Ellie um, die einige Meter entfernt stand und Tom anstarrte. Ihr Gesicht war grau und erstarrt, und sie stand steif wie ein Verurteilter vor seinem Richter.

»Ellie, ich möchte dir Tom Roland vorstellen. Er ist unser Nachbar und nimmt uns nach Hause mit. Tom, dies ist meine Freundin Ellie Rostrevor, die für die Zeitschrift *Epitome* arbeitet.«

»Schon eine ganze Weile nicht mehr. Sie haben mich rausgeworfen. Habe ich dir das noch nicht erzählt?«

»Ach, du Schreck, aber ich glaube, die Zeitschrift hat nicht allzuviel Zukunft. Du findest sicher etwas Besseres.«

Jane war sehr überrascht, als sie sah, daß das Lächeln aus Toms Augen verschwunden war. Er gab Ellie höflich die Hand, stellte ihre Tasche ins Auto und fuhr los, während Jane sich krampfhaft bemühte, die Unterhaltung in Gang zu bringen.

»Ellie und ich sind uralte Freundinnen, Tom. Wir sind schon miteinander zur Schule gegangen. Sie war das unordentlichste Mädchen der Klasse und hatte eigentlich fest vor, nur einen Herzog zu heiraten.«

Es war eine ungemütliche Fahrt. Tom winkte Jane kurz zu, als sie an der Garageneinfahrt ausgestiegen waren, und fuhr sofort weiter. Jane war ganz niedergeschlagen. Sie hatte Tom zum erstenmal seit Sonntag gesehen, und dann hatte es so ausgehen müssen. Einen Moment lang war sie wütend auf Ellie. Was hatte Ellie denn nun wieder angestellt? War sie mit Tom etwa auch schon aneinandergeraten? Obwohl es keiner von beiden erwähnt hatte, war Jane sicher, daß sich die beiden kannten.

Mrs. McGregor saß zusammen mit Susan in der Küche, als sie nach Hause kamen.

»Wo ist Caroline?« fragte Jane sofort.

»Sie hat sich verbrannt, Madam«, antwortete Mrs. McGregor. »Ich habe sie ins Bett gelegt.«

»*Verbrannt* — ja, wie denn?«

»Am Bügeleisen, Madam. Sie hat es heruntergezogen. Ich habe ihr immer wieder gesagt, daß sie nicht in die Nähe gehen soll. Ich habe sie geschimpft.«

»Haben Sie den Doktor geholt?«

»Oh, nein, Madam. So schlimm ist es gar nicht.«

Jane rannte nach oben. Caroline lag ganz erschöpft vom vielen Weinen im Bett und streckte Jane ihren Unterarm entgegen. Die Brandwunde war zwar sehr rot, sah aber nicht so gefährlich aus, wie Jane natürlich sofort angenommen hatte. Sie würden das auch ohne Arzt erledigen können.

»Wie ist denn das passiert, mein Schatz?« sagte Jane, als sie einen sterilen Verband darumlegte.

»Weiß ich nicht.«

»Aber, Liebchen, das *mußt* du doch wissen! Bist du über die

Schnur vom Bügeleisen gestolpert? Fiel das Eisen herunter? Oder wolltest du ausprobieren, wie Bügeln geht?«

Jane sah, daß auf der Handtuchstange kleine Baumwollhöschen hingen. Mrs. McGregor hatte sie, weil sie offensichtlich nicht anders konnte, obwohl Jane es ihr schon oft genug gesagt hatte, penibel und ordentlich gebügelt.

»Ist das Bügeleisen auf deinen Arm gefallen?« fragte Jane noch einmal.

»Weiß ich nicht«, wiederholte Caroline. »Wirklich, Mami, ich weiß es nicht, das habe ich dir doch schon gesagt.«

Sie brach in Tränen aus und schlang die Ärmchen um ihre Mutter.

»Ist ja schon gut, Liebling. Es ist ja gar nicht so wichtig.« Dieses verzweifelte Schluchzen griff Jane ans Herz. »Wo ist denn Pinky? Wir suchen ihn, dann wird alles besser werden.«

Jetzt wurden Carolines Tränen zu geradezu hysterischen Ausbrüchen. »Pinky ... ganz kaputt ...« Die Worte blieben ihr im Hals stecken, und nur mühsam kam eines nach dem anderen, von Schluchzern unterbrochen, heraus: »Ganz kaputt ... verbrannt ... Mrs. McGregor hat Pinky verbrannt ...«

»Mrs. McGregor hat *was* getan?«

»Im Ofen ... Pinky verbrannt ... weil ich ein böses Mädchen bin.«

Jane packte blanker Zorn! Hatte sich Caroline etwa verbrannt, als sie ihren geliebten Pinky retten wollte? Sie wollte schon hinunterrennen, aber dann besann sie sich.

»Reg dich nicht auf, mein Liebling. Das war sehr dumm von Mrs. McGregor, aber ich habe einen kleinen Trost für dich. Ich habe noch einen Pinky. Du mußt nur einen Moment Geduld haben.«

Hastig kramte sie in der untersten Schublade ihres Kleiderschranks, holte die zweite Hälfte der Decke hervor und drückte sie in die Arme ihrer immer noch schluchzenden Tochter.

»Schau, ist dieser Pinky nicht genauso schön wie der andere, sogar noch ein bißchen sauberer. Ich muß jetzt schnell nach unten und noch ein Wörtchen mit Mrs. McGregor reden.«

Aber im selben Moment hörte sie, wie die Haustür ins Schloß

fiel und Ellie »Gute Nacht« rief. Na ja, im Augenblick war es sowieso wichtiger, daß sie sich um Caroline kümmerte.

Fünf Minuten später war Caroline wieder so weit getröstet, daß sie eine Limonade trinken wollte.

»Mami«, sagte sie, als Jane mit dem Glas zurückkam, »ich muß dir etwas ins Ohr flüstern.«

»Was denn, Schätzchen?«

Mißtrauisch sah sich Caroline im Zimmer um, und dann flüsterte sie: »Bitte, erlaube nicht, daß Mrs. McGregor und Susan noch einmal hierherkommen!«

»Schau, es dauert doch nur noch eine einzige Woche. Nur noch fünf Tage!«

Aber an Carolines Gesicht konnte sie unschwer ablesen, daß dem Kind diese fünf Tage wie eine halbe Ewigkeit vorkamen.

»Gut, ich verspreche, daß ich alles versuchen werde. Ganz bestimmt.«

Getröstet legte sich Caroline ins Bett, und Jane kuschelte sie unter die Decke. Dann lief sie nach unten.

»Entschuldige, bitte, Ellie, daß ich dich alleinlassen mußte.«

»Mach dir mal um mich keine Sorgen. Geht es Caroline denn jetzt besser? Das muß ja ein scheußliches Erlebnis für so ein kleines Schätzchen gewesen sein. Soll ich zu ihr gehen und sie ein wenig ablenken?«

»Ja, Ellie, das wäre lieb von dir. Caroline mag dich doch so gern. Willst du ein Bier mitnehmen? Ich fürchte, ich kann dir nämlich keinen Sherry anbieten.«

»Was? Obwohl du arbeitest und Graham gewisse Verbindungen hat, ist kein Sherry im Haus?« versuchte Ellie zu scherzen.

»Im Ernst, ich habe einen richtigen Bierdurst. Seit Ende des letzten Monats habe ich nur von Wasser und Brot gelebt!«

Ellie war eigentlich immer in Geldschwierigkeiten, außer natürlich, wenn sie einen Urlaub auf anderer Leute Kosten im Hilton-Hotel in Istanbul verbrachte. Aber im Augenblick sah sie nicht danach aus, im Gegenteil, sie war dünner denn je. Jane sah voller Überraschung, daß Ellie langsam nach oben ging. Das war nämlich sonst gar nicht ihre Art, sie pflegte jeden Weg im Eiltempo zurückzulegen. Irgendwann einmal hatte sie eine Ballettausbildung absolviert, und seitdem bewegte sie sich federleicht wie ein Grashüpfer.

Graham würde heute abend nicht nach Hause kommen, er würde wieder einmal in Hastings übernachten, wie er es bereits einige Male in letzter Zeit getan hatte. Jane richtete ein leichtes Abendessen, nur Brot und Käse, aber dann fiel ihr plötzlich ein, daß Ellie sicher schon lange nichts Gescheites mehr gegessen hatte, und sie kochte rasch eine Suppe, dazu gab es ein Omelett und Salat.

»Kennst du Tom von früher?« fragte Jane, als sie das Geschirr abspülten.

»Nein, nicht daß ich wüßte«, sagte Ellie obenhin, etwas zu obenhin.

»Du sahst so aus, als kanntest du ihn.«

»Ich habe ihn natürlich schon oft im Fernsehen gesehen. Ist er wirklich euer Nachbar?«

»Ja, das heißt, er wohnt ein kleines Stück hügelabwärts«, sagte Jane. Irgendwie konnte sie den Verdacht nicht loswerden, daß Ellie eben nicht die Wahrheit gesagt hatte. Und dabei hatte Ellie früher niemals gelogen, sondern immer mit geradezu verblüffender Ehrlichkeit auf alle Fragen geantwortet. Irgend etwas war mit ihr überhaupt nicht in Ordnung.

Ich wüßte gern, was Tom antworten würde, wenn ich ihm dieselbe Frage stellen würde, dachte Jane, aber sofort wußte sie, daß diese Frage wohl zu weit gehen würde. Welches Recht hatte sie denn, sich in Toms Angelegenheiten einzumischen? Entschlossen verbannte sie diesen Gedanken wieder aus ihrem Kopf.

Überhaupt, was hatte es schon zu bedeuten, ob Tom und Ellie sich von früher kannten? Nichts. Der Umgang mit Graham und den McGregors machte sie wirklich schon gegen jeden und alles mißtrauisch. Richtig krampfhaft mißtrauisch.

Am Samstag schien wieder die Sonne, und Ellie und Jane verbrachten fast den ganzen Tag im Garten. Sie spielten mit den Kindern, Ellie las Caroline Geschichten vor, und Donald amüsierte sich laut quietschend auf einer Decke mitten auf der Wiese. Geduldig versuchte er, sich auf den Bauch zu rollen, was aber immer wieder mißlang. Die McGregors ließen sich nicht blicken,

Tom auch nicht. Jane blickte über den herrlichen Garten bis hinüber zum silbern schimmernden Stauwehr (ob McGregor den Zaun wohl endlich repariert hatte? Natürlich nicht!) und dachte nach. Welches Recht hatte sie, die Kinder von diesem hübschen Fleckchen Erde wegzuholen? Wenn diese Woche vorbei war, würde sich ein Weg finden, diese Dinge ins reine zu bringen. Oder Graham würde ihr vielleicht endlich erzählen, worüber er sich solche Sorgen machte. Vielleicht würde sie das einander wieder näherbringen. Auf jeden Fall würde sie erst aufatmen, wenn diese McGregors endlich aus dem Haus waren!

Ellie war an diesem Tag nicht sehr mitteilsam. Sie erzählte Caroline eine Geschichte nach der anderen, aber mit Jane sprach sie fast gar nichts. Aber Jane merkte nichts davon, denn sie war so sehr mit ihren eigenen Gedanken beschäftigt und bemühte sich wirklich, eine Patentlösung zu finden.

Als es Zeit zum Abendessen wurde, war Graham immer noch nicht da, aber Ellie sagte, sie habe ihn vor kurzer Zeit durch den Garten gehen sehen. Jane konnte zwar nicht verstehen, daß er nicht wenigstens kurz hereingekommen war, um zu sagen, daß er wieder da war, aber sie war entschlossen, ihn hereinzuholen. Er konnte doch Ellie unmöglich so vor den Kopf stoßen! War ihm diese kleine Beleidigung so viel wert, daß er dafür sogar Donalds Samstagabend-Bad versäumte? Bisher war er immer pünktlich zur Stelle gewesen, um seinen kleinen Stammhalter zu bewundern.

»Ich bin gleich wieder da, Ellie«, sagte sie. »Bleibst du, bitte, in Carolines Nähe, falls sie noch einmal ruft? Sie war heute abend richtig aufgezogen, der Tag hat ihr sicher sehr gut gefallen.«

»Mach dir keine Sorgen, natürlich bleibe ich hier. Bis gleich«, sagte Ellie.

Gegen fünf hatte sich das Wetter wieder verschlechtert, und allmählich setzte der Regen ein. Jane zog die Gummistiefel an und lief dann durch das nasse Gras den sanften Abhang zur Rückseite des Grundstücks hinunter. Eine Reihe Weiden verbarg die feuchten Wiesen, die dahinter lagen.

Unter einer dieser Weiden hatte sich Graham ein kleines, sehr einfaches Studio gebaut, in dem er ungestört arbeiten konnte und wo er auch einmal Besuch empfangen konnte. Es war gewissermaßen sein Refugium, von dem aus man einen herrlichen Blick auf die Bäume, Wiesen und den Fluß hatte.

Jane war sicher, daß Graham hier stecken mußte, denn sie hatte ihn nirgendwo im Garten entdecken können. Außerdem regnete es mittlerweile schon etwas stärker. Warum verkroch er sich vor Ellie? Dieses Benehmen war doch wirklich ein wenig kindisch.

Sie steckte den Kopf durch die Tür und rief: »Graham?«

In dem Häuschen war es fast völlig dunkel, aber sie konnte Grahams Kopf vor dem helleren Fenster gerade noch erkennen.

»Graham? Was machst du denn hier im Dunklen? Das Essen ist schon lange fertig. Außerdem ist Ellie da, vergiß das nicht. Sei ein bißchen nett zu ihr, hörst . . .«

Er stand auf und kam mit zwei Schritten auf sie zu. Irgend etwas an seinen Bewegungen jagte ihr solche Angst ein, daß sie zurückweichen wollte, aber im selben Augenblick legte er, zu ihrem Erstaunen, seine Arme um sie und hielt sie fest.

»Was, um Himmels willen, ist denn los?« fragte Jane etwas verwirrt, und dann schrie sie fast im selben Augenblick: »Nein, lassen Sie das!«

Schmale, kalte Lippen – nicht die von Graham – preßten sich auf ihre. Sie konnte die Zähne dahinter spüren und erstickte fast unter dem Druck seiner Arme und Rippen. Der Geruch von Erde und nassem Leder stieg ihr in die Nase, und sie roch den metallisch scharfen Schweißgeruch.

Sie wehrte sich mit aller Kraft, von panischer Angst ergriffen. Aber es nützte nichts, er war einfach zu stark. Nach einiger Zeit ließ er sie mit fast beleidigender Langsamkeit los und packte ihre beiden Handgelenke mit einem so harten Griff, daß sie vor Schmerz und Wut die Zähne zusammenbiß.

»Es tut mir leid, Madam«, sagte er mit leiser Stimme, die sie den harten Griff nur noch härter spüren ließ. »Ich fürchte, ich hatte mich nicht ganz in der Gewalt. Ich nehme an, Sie dachten, Sie hätten Mr. Drummond vor sich? Oder sollten Sie sich etwa auch vergessen haben?«

Es war wirklich kaum zu glauben, denn einige Sekunden lang

hatte sie *wirklich* geglaubt, Graham vor sich zu haben. Sie verbot sich diese Bemerkungen ganz entschieden.

»Dann war also alles nur ein Mißverständnis. Wir wollen Mr. Drummond kein Wort davon erzählen, nicht wahr?«

Rasch überlegte Jane und antwortete dann kalt: »Aber selbstverständlich werde ich Mr. Drummond alles erzählen! Wir haben nämlich keine Geheimnisse voreinander. Würden Sie bitte die Tür fest zumachen, wenn Sie gehen! Es regnet sonst herein.«

Rasch ging sie zum Haus zurück. Sie hörte McGregors Schritte hinter sich, aber sie drehte sich nicht um, sie versuchte krampfhaft, nicht an dieses schreckliche Gesicht zu denken. Gerade als sie die Hintertür öffnen wollte, sagte er: »Madam, ich werde wiederkommen, wenn Mr. Drummond im Büro ist. Dann können wir über alles reden. Vielleicht überlegen Sie sich schon einmal, weshalb Sie wohl geglaubt haben, ich sei Ihr Mann?«

Sie öffnete die Tür, ohne ein Wort zu erwidern.

Leise und eindringlich sagte da die Stimme hinter ihr: »Wenn ich an Ihrer Stelle wäre, würde ich ihm wirklich nichts davon erzählen, Madam. Sie haben vielleicht keine Geheimnisse vor Ihrem Mann, aber er verbirgt einiges vor Ihnen. Ich glaube nicht, daß Sie ihn damit belasten sollten. Was mich betrifft, reagiert er ja immer etwas heftiger, was Sie sicher auch schon bemerkt haben werden.«

Ohne zu reagieren, ging sie ins Haus. Sie hörte noch das knirschende Geräusch, als er mit dem Fahrrad die Einfahrt entlangfuhr.

Dann entdeckte sie, daß Graham inzwischen nach Hause gekommen war. Er und Ellie standen sich in der Küche gegenüber, und Jane wußte sofort, daß sie die beiden bei einem heftigen Wortwechsel gestört hatte. Während Jane das Essen auf den Tisch stellte, sprach keiner ein Wort. Als Jane noch einmal aufstand, um die Butter zu holen, hörte sie Graham flüstern: »Schwindlerin!«

Falls Ellie etwas erwiderte, tat sie es sehr leise, denn Jane hörte nichts mehr. Sie hatte plötzlich das Bedürfnis, Ellie vor Graham in Schutz zu nehmen.

Das Essen verlief in drückendem Schweigen. Ellie blickte ganz verstört, und von Zeit zu Zeit zitterten ihre Lippen. Graham gab nur einsilbige, unfreundliche Antworten, bis er plötzlich sagte: »Ellie, ich wollte es dir schon vorhin sagen. Du siehst überhaupt nicht gut aus. Wie wäre es denn, wenn du eine Weile hier bei uns bleiben und dich erst einmal gründlich erholen würdest?«

Ungläubig sah Ellie Graham an. »Das ... das wäre natürlich wunderbar ...«, begann sie zögernd.

»Hör zu, Graham«, sagte jetzt Jane. »Ich kann es dir genausogut jetzt sagen: Ich will nicht, daß die McGregors noch einmal in dieses Haus kommen. Caroline fürchtet sich schrecklich. Ich weiß nicht, was Mrs. McGregor mit ihr macht, aber ich glaube immer noch, daß die Brandwunde kein Zufall war. Ich glaube, diese Frau ist einfach sadistisch veranlagt. Wenn sie morgen kommen, mußt du ihnen sagen, daß wir sie nicht mehr brauchen. Oder, wenn dir das unangenehm ist, kann ich ihnen ja auch einen Brief schreiben und ihn hinbringen. Wir werden ihnen natürlich die letzte Woche bezahlen, aber ins Haus kommen sie mir nicht mehr. Ellie, du kannst es doch sicher eine Woche lang mit den Kindern aushalten, oder? Ich bereite dir alles vor, wie ich es ja schließlich für diese Person auch gemacht habe. Du brauchst also nicht viel zu tun. Oder hast du etwas anderes vor?«

Ellie schüttelte den Kopf.

»Bist du verrückt geworden?« fragte Graham. »Jane, ich glaube wirklich, du bist nicht ganz gescheit. Ich sagte dir bereits, daß wir die McGregors behalten müssen. Müssen, verstehst du? Es geht nicht darum, was du gerne möchtest. Es geht allein um Geld. Wir werden eine Menge Geld brauchen, meine gesamte Zukunft hängt davon ab. Wenn du nicht länger für Folia arbeiten kannst, mußt du dir eben eine andere Stelle suchen. Und nun zu dir«, sagte er und wandte sich an Ellie. »Ich habe keine Ahnung, weshalb du unbedingt hierherkommen mußtest. Hier ist kein Platz für dich, hier gibt es nichts, *nichts*. Kapierst du nun endlich? Geht das noch in dein Gehirn? Ich will nicht, daß du Donald versorgst, verstehst du mich? Und dabei bleibt's! Am besten ist es wohl, du verschwindest im Eiltempo.«

Mit einer dramatischen Geste schob er seinen Teller zurück und stand auf. »Ich gehe noch in den Pub. Ich muß mit Tom über einen Kunden reden, der vielleicht hier in der Nähe bauen will. Es wird sicher spät.«

»Tom hat uns gestern vom Bahnhof nach Hause gefahren«, sagte Ellie leise.

Graham starrte sie an wie ein Gespenst, dann rannte er aus dem Zimmer und knallte die Tür hinter sich zu.

Ellie legte den Kopf auf die verschränkten Arme und begann haltlos zu schluchzen.

»Hör auf, Ellie«, sagte Jane, die überhaupt nichts mehr verstand. »Weine nicht so, es ist doch alles nur halb so schlimm.«

Sie setzte sich neben Ellie und legte ihren Arm um die zitternden Schultern der Freundin.

»Das mit Graham darfst du nicht so ernst nehmen! Er ist schon seit einigen Wochen so komisch. Irgend etwas scheint ihn zu bedrücken. Er würde zu jedem anderen Menschen ganz genauso unfreundlich sein, glaub mir. Irgendwann wird er mir schon sagen, was ihm solche Sorgen bereitet. Wahrscheinlich berufliche Schwierigkeiten. Aber du mußt dich nicht aufregen. Er muß seinen Kummer eben abreagieren, und da du meine Freundin bist, kann er es ebensogut auch bei dir. Er meint es sicher nicht so. Im Grunde mag er dich immer noch. Sonst würde er mir ja nicht immer sagen, daß du meine allernetteste Freundin bist.«

Aber Ellie war nicht zu trösten. Sie weinte immer weiter, und Jane streichelte sie. Einige Minuten lang saßen sie schweigend nebeneinander, als Jane plötzlich ein leises Geräusch im Kinderzimmer hörte. War Caroline etwa wieder aufgestanden, wie sie das bereits einigemal in letzter Zeit getan hatte?

Leise schlich Jane nach oben und blickte vorsichtig ins Kinderzimmer, aber was sie sah, berührte sie noch mehr, als es ihr verstörtes kleines Mädchen getan hätte. Graham war nicht fortgegangen, sondern er kniete neben Donalds Bettchen und hielt das kleine Bündel im Arm. Jane konnte sein Gesicht nicht sehen, aber die verzweifelte Geste rührte ihr Herz.

Donald war das einzige Wesen, das ihn nicht enttäuscht hatte. Jane fühlte eine Welle von Mitleid in sich aufsteigen. Sie wollte zu ihm gehen, etwas sagen, was die Wand zwischen ihnen vielleicht endgültig einreißen würde, aber dann zögerte sie. Nein, er sollte diesen Augenblick mit seinem Kind genießen. Sie würde warten. Nachher im Bett würde sie ihm alles sagen, was ihr auf dem Herzen lag.

So leise, wie sie hereingeschlichen war, ging sie auch wieder hinaus.

Ellie hatte inzwischen das Geschirr zusammengestellt und den Fernseher angemacht. Ihre Lebensgeister waren offensichtlich wieder erwacht; sie lachte sogar einigemal herzlich über die Sendung. Jane konnte sich gar nicht vorstellen, daß diese fröhliche Frau gerade eben noch so verzweifelt gewesen sein sollte. Irgendwie bewunderte sie diese Fähigkeit, obwohl der plötzliche Wandel für sie fast unerträglich war. Sobald das Fernsehprogramm zu Ende war, schaltete sie den Apparat aus und schlug Ellie vor, ausnahmsweise einmal früh zu Bett zu gehen.

»Nimm eine Schlaftablette, damit du keine Zeit mehr zum Nachdenken hast«, sagte Jane zu Ellie. »Graham hat vor einiger Zeit welche besorgt. Sie liegen im Badezimmerschränkchen. Morgen reden wir dann gründlich über alles, ja?«

Ellie antwortete nicht, sondern sagte nur etwas ausweichend: »Du bist wirklich ein Schatz. Gute Nacht, Janey!«

Bekümmert wandte Jane sich um. Sie wünschte, Ellie hätte diesen Kosenamen nicht gebraucht.

Mit einem wahren Berg Flickwäsche setzte sich Jane noch eine Weile ins Wohnzimmer, aber nach einer halben Stunde war sie so müde, daß sie beschloß, ebenfalls ins Bett zu gehen. Leise öffnete sie die Tür von Ellies Zimmer. Das Licht brannte noch und beleuchtete einen Teil des Gartens vor dem Fenster. Ellie mußte sofort eingeschlafen sein, denn sie atmete ganz ruhig und tief. Auf dem Tischchen neben ihrem Bett standen ein Glas Wasser und eine halbleere Whiskyflasche, die Jane mit großem Mißtrauen betrachtete. Das war so gar nicht Ellies Art. Oder hatte sie Ellie bisher nicht richtig gekannt, obwohl sie doch schon so lange befreundet waren?

Obwohl Jane sehr müde war, konnte sie vor lauter Nachdenken nicht einschlafen. Spät in der Nacht hörte sie, wie Graham nach Hause kam. Der Pub hatte schon vor einiger Zeit zugemacht. Wo war er in der Zwischenzeit gewesen? Spazierengegangen? Oder hatte er in seinem Studio gearbeitet? Als er ins Bett kam, spürte sie die Kälte, die von ihm ausging. Er mußte draußen gewesen sein, sein Haar war ganz naß.

»Graham?« sagte sie leise.

»Ach, du Schreck, schläfst du noch nicht?«

»Nein, ich wollte noch mit dir reden«, sagte sie. »Mit den McGregors will ich nämlich wirklich nichts mehr zu tun haben. Caroline ist schon ganz durchgedreht und kann diese Frau keinen einzigen Tag länger ertragen. Aber es geht mir nicht nur um Caroline, ich weiß genau, daß diese Frau nur Böses gegen uns im Sinn hat. Und McGregor hat mich heute abend geküßt. Ja, ich weiß, es klingt idiotisch, dumm und verrückt, aber ich schwöre dir, es war gräßlich. Ich habe fürchterliche Angst vor ihm!«

»Er hat dich geküßt?« fragte Graham mit tonloser Stimme.

»Ja, in deinem Studio. Zuerst dachte ich, *du* wärst es. Richtig verrückt. Graham, ich bitte dich, wirf ihn raus! Wir haben ihm gegenüber schließlich keine Verpflichtung.«

»Keine Verpflichtung!« Graham setzte sich auf, knipste die Nachttischlampe an und starrte Jane an. »Keine Verpflichtung! Und du hast Angst vor ihm? Was meinst du, was ich habe? Weißt du nicht, wer er ist?«

»Nein, woher auch«, sagte Jane zitternd. »Was meinst du damit? Wer soll er denn sein? Er machte eine Bemerkung, daß ich mir einmal überlegen sollte, weshalb ich ihn für dich gehalten habe!«

Graham schwieg.

»Was hast du denn mit ihm zu tun? Gibt es eine Verbindung zwischen euch?«

»Natürlich nicht. Weshalb auch«, murmelte Graham undeutlich, ohne besondere Überzeugung. Jane hörte nicht darauf.

»Es gibt eine Verbindung! Warum ist mir das nur nicht früher aufgefallen? Wahrscheinlich wollte ich es nicht wahrhaben.« Sie sprach langsam, als müßte sie sich noch mit der vollen Wahrheit vertraut machen. »Wahrscheinlich hätte ich die Wahrheit nicht ertragen. Aber inzwischen weiß ich genau, was es ist. Es ist weniger das Aussehen. Aber seine Bewegungen, seine Art zu sprechen und seine Stimmlage; er ist dir schrecklich ähnlich!«

Schweigen.

»Du sagtest doch immer, du seist ein Waisenkind ... das einzige Kind deiner Mutter, die in Schottland ...« Jetzt wußte Jane, daß sie auf dem richtigen Weg war. Schmerzlich wurde ihr die volle Wahrheit bewußt.

»Er ist dein Bruder, nicht wahr?«

»Oh, Himmel, Jane!«

»Aber wie kann das sein?« Trotzdem war sie sicher, daß sie recht hatte.

»Hör doch endlich mit dem Unsinn auf!« sagte Graham, aber es klang irgendwie hoffnungslos.

»Deshalb hast du auch solche Angst vor ihm, oder?«

Plötzlich lachte Graham und sagte, obwohl er es gerade noch abgestritten hatte: »Du sagst doch immer, ich sei ein hoffnungsloser Snob, oder? Weißt du, Jane, Tatsache ist, daß ich dir und deinem Vater damals vorgemacht habe, ich sei etwas Besseres. Wenn du aus diesem verflixten Milieu herauswillst, bleibt dir gar nichts anderes übrig, als die Vergangenheit zu verleugnen. Aber ich habe Pech, denn meine Vergangenheit hat mich eingeholt. Ein Bruder, der einige Jahre wegen bewaffnetem Raubüberfall im Gefängnis gesessen hat, ist nun wirklich nicht das richtige Aushängeschild für einen Architekten, der sich gerade etablieren will.«

»Bewaffneter Raubüberfall?« fragte Jane entgeistert.

»Ja, Tim mußte brummen, weil er mit achtzehn einem Nachtwächter eins über den Schädel gezogen hat.«

»Tim?« Es war schrecklich, wie sicher Graham dieser Name über die Lippen ging. Das war der beste Beweis dafür, daß er die Wahrheit sagte.

»Er ist also tatsächlich dein Bruder?«

»Halbbruder. Er wohnte im Nebenhaus von uns, damals in Glasgow, und wurde von einer Frau großgezogen, die wir Tante Phemie nannten. Ich dachte immer, er sei mein Cousin, bis ich schließlich herausfand, daß Tante Phemie gar keine richtige Tante von mir war und Tim das illegitime Kind meiner Mutter, das Tante Phemie in ihrem Haus aufgenommen hatte. Mein Vater konnte Tim nicht ausstehen, er war für ihn eine verkörperte Beleidigung! Immer wenn er betrunken war, machte mein Vater meiner Mutter nicht endenwollende Vorwürfe über den Vater dieses Bastards, bis er eines Tages nach einer solchen Auseinandersetzung aus dem Haus ging und von einem Güterzug überfahren wurde ... Er arbeitete nämlich als Schwellenleger bei der Eisenbahn. Nach seinem Tod holte Mutter Tim wieder zu sich, denn sie liebte ihn sehr. Aber unglücklicherweise war Tim nicht so intelligent, wie sie es gerne gehabt hätte. Er war reichlich wild, und ich war gewissermaßen das Gehirn der Familie.«

»Guter Gott!« murmelte Jane vor sich hin. Sie lag ruhig im Bett und überdachte noch einmal alles, was sie soeben gehört hatte. Irgendwie wunderte sie sich überhaupt nicht. Es war so, als hätte sie es schon immer gewußt.

»Er denkt jetzt, er hat mich in der Hand«, sagte Graham.

»Aber warum denn? Du konntest doch nichts dafür, daß er ins Gefängnis kam. Außerdem, wer ist denn so borniert, daß er die Vergangenheit eines Mannes mit der seines Bruders in einen Topf wirft?«

Als sie es ausgesprochen hatte, wußte sie bereits, daß noch mehr dahinterstecken mußte. Viel, viel mehr. Wenn Graham schon das alles vor ihr verborgen hatte, konnte es auch noch mehr gewesen sein. Wie paßte zum Beispiel Tims Frau Myfanwy in die Geschichte? Und das Geld? »Vielleicht hat Ihr Mann Geheimnisse vor *Ihnen*!«

»Heißt du mit richtigem Namen Drummond?«

»Ja, d. h., ich habe meinen Namen notariell geändert«, sagte Graham und drehte sich auf die Seite. »Sonst hießest du heute auch Mrs. McGregor wie dein Todfeind. Die kleine Susan ist übrigens deine Nichte. Pure Ironie, nicht wahr? Und du warst so hochmütig ihnen gegenüber, es ist geradezu ein Witz! Diesen Quatsch mit ›Madam‹ und ›Sir‹ haben sie sich als besonderen Spaß ausgedacht. Tim weiß so viel von mir, daß er mir wirklich ...«

»Was weiß er?« fragte Jane hastig.

»Oh ... er weiß zum Beispiel von meiner ersten Frau.«

»Von deiner *ersten Frau?*«

»Wir haben damals Doppelhochzeit gefeiert. Meine erste Frau war Myfanwys Schwester.«

»Myfanwys Schwester?«

»Hör endlich auf, alles, was ich sage, zu wiederholen! Du brauchst dich gar nicht aufzuregen, sie ist tot«, sagte er rasch. Dann beugte er sich aus dem Bett und knipste das Licht aus.

»Dann leben wir ja wenigstens nicht in Bigamie! Das ist doch immerhin etwas.« Janes Stimme klang aber nicht begütigend, wie sie es beabsichtigt hatte. »War deine Frau noch am Leben, als du damals nach Malta kamst?«

»Nein, sie ist ein Jahr vorher gestorben.«

»Und wo waren Tim und seine Frau damals?«

»Er war im Gefängnis, und Myfanwy ist, soviel ich weiß, zu ihrer Familie nach Wales gegangen.«

»Tim war im Gefängnis? Wieder oder immer noch?«

»Wieder. Kannst du jetzt nicht allmählich mit diesem dummen Kreuzverhör aufhören?« brüllte Graham plötzlich los. »Ich bin zum Umfallen müde und werde kein Wort mehr darüber reden. Jedenfalls jetzt nicht. Und später auch nur vielleicht. Ich wollte nur, daß du endlich weißt, worum es geht, und daß du endlich aufhörst, dich selbst zum Narren zu machen. Siehst du jetzt wenigstens ein, daß wir sie nicht verärgern dürfen?«

»Aber, Graham, wir haben ...«

Es hatte keinen Sinn mehr. Er wickelte sich in seine Decke und rollte sich auf die andere Seite, so daß Jane fast keine Decke mehr hatte. Graham konnte sehr stur sein, er würde jetzt kein einziges Wort mehr sagen. Jane wußte genau, daß er wach neben ihr lag, und die Stille war wie eine Wand zwischen ihnen. Erst nach langer Zeit wurden seine Atemzüge allmählich ruhiger und länger.

Aber Jane lag noch immer wach und grübelte. Stunde um Stunde starrte sie ins Dunkel, beobachtete den Sonnenaufgang, und heiße Tränen liefen aus ihren Augen und versickerten in ihren Haaren.

Kurz vor sieben fiel sie in einen kurzen, bleiernen Schlaf. Ein Geräusch an der Schlafzimmertür weckte sie. Sofort sah sie, daß Graham bereits aufgestanden und weggegangen war. Wohin? In sein Studio? Sie hatte so viele Fragen, aber sie wußte genau, daß sie einen geeigneten Moment abwarten mußte. Rasch stand sie auf, denn sie hörte das Baby schreien. Frisch sah sie ja wirklich nicht aus, das war aber nach dieser Nacht auch kein Wunder! Trotzdem war sie überrascht, wie gut ihr das Frühstück schmeckte.

Nachdem sie mit den Kindern gefrühstückt hatte und danach Carolines Brandwunde versorgt hatte, richtete sie ein Tablett mit Orangensaft und Kaffee und brachte es zu Ellie ins Zimmer, die schlaftrunken aus den Kissen auftauchte. Es kostete Jane nur wenig Mühe, sie zu überreden, noch bis Mittag gemütlich im Bett zu bleiben, und sie hoffte, daß ihr freundliches Lächeln und die Sonntagszeitungen Ellie vorläufig von Janes gutem Willen überzeugen würden. Wenigstens noch einige Stunden, bis sie selbst ihre eigenen Gefühle ein wenig mehr in Ordnung gebracht haben würde. Im Augenblick jedenfalls war sie nicht in der Lage, Ellies Problemschilderungen mit der nötigen Aufmerksamkeit zu lauschen.

Jane war heute morgen mit der vagen Hoffnung aufgewacht, daß sie die ganze Geschichte möglicherweise nur geträumt hatte, aber eine genauere Betrachtung der Tatsachen hatte diese Hoffnung rasch zunichte gemacht: Die McGregors taten wirklich so, als wären sie hier zu Hause. Jane erinnerte sich jetzt auch, daß Grahams Mutter mit Vornamen Susannah geheißen hatte. Daher also hatte die kleine Susan ihren Namen. Ob Graham beim Tod seiner Mutter etwas geerbt hatte? Jane glaubte es kaum, allerdings wäre es natürlich eine gute Erklärung für Tims Feindseligkeit, wenn der legitime Sohn geerbt hätte und der illegitime leer ausgegangen wäre. Jane hatte das Gefühl, daß Tim seinen Bruder um jedes einzelne Stück seines Besitzes beneidete. Und dabei hatte Graham sich alles im Lauf der Zeit erarbeitet, d. h., zum Teil mußte er es sich sogar noch erarbeiten. Bei der Hochzeit mit Jane hatte er jedenfalls fast überhaupt nichts besessen.

Caroline begleitete Jane, als sie Ellie ihren Lunch nach oben brachte, und blieb dann bei Ellie im Gästezimmer, guckte ihr beim Essen zu und kämmte ihr danach mit Wonne die Haare. Graham war immer noch nicht erschienen.

Jane ließ die beiden Kinder — wirklich, manchmal war Ellie nichts anderes als ein ganz kleines Mädchen — allein im Gästezimmer, wo sie sich voller Entzücken gegenseitig Bänder und Schleifen in die Haare flochten, und ging nach unten und dann durch die Hintertür den kleinen Abhang hinunter, um nach Graham zu sehen.

Aber das Studio war leer. Auf dem Rückweg kam Jane an der Garage vorbei und sah sofort, daß das Auto weg war. Wahrscheinlich versuchte Graham, durch eine kleine Spazierfahrt seine strapazierten Nerven ein wenig zu beruhigen. Vielleicht sah er auch auf der Baustelle in Hastings nach dem Rechten. In seinem Beruf war er wirklich erfolgreich, und das war möglicherweise ein guter Ausgleich für ihn.

Als Ellie und Caroline herunterkamen und stolz ihre hübschen Frisuren vorgeführt, dachte Jane, sie hätte Schritte gehört, und lief nach draußen. Voller Wut sah sie, daß McGregor gerade den Rasenmäher in Gang brachte, während es sich seine Frau und die kleine Susan wieder auf ihrer Decke bequem machten. Jane war ganz überrascht, als sie feststellte, wie wütend sie werden konnte.

»Ich werde diesen Leuten ein Ultimatum stellen«, sagte Jane zu Ellie. »Kannst du einige Stunden lang die Kinder hüten? Ich muß unbedingt nachher noch kurz weg. Geh mit Caroline ins Haus, damit sie nicht alles mitkriegt.«

»Klar, Schätzchen, und viel Erfolg!«

»Ich muß einfach weg von hier, ich werde nachher in den Nachmittagsgottesdienst gehen.«

Entschlossen ging Jane in den Garten und geradewegs auf die McGregors zu. McGregor sprach gerade mit seiner Frau, während sie mit ihrem ewig verkniffenen Mund gierig lauschte. Jane war froh, daß sie gleich mit beiden sprechen konnte.

»Ich habe eingesehen, daß ich Ihnen gegenüber ungerecht war«, begann sie. »Aber woher hätte ich denn wissen sollen, daß wir gewissermaßen verwandt sind? Warum haben Sie mir denn nichts davon erzählt?«

»Oh, Madam«, sagte McGregor mit seiner leisen Stimme und lächelte freundlich, »es war doch wirklich nicht unsere Aufgabe, Ihnen etwas zu sagen, was Graham offensichtlich vor Ihnen verheimlichen wollte.«

»Jetzt ist das sowieso gleichgültig«, fuhr Jane fort, ohne näher darauf einzugehen. »Ich weiß also inzwischen Bescheid und muß Ihnen einiges sagen. Diese Vereinbarung entspricht nicht ganz meinen Vorstellungen und wird deshalb beendet werden, und zwar sofort. In Zukunft möchte ich keinen von Ihnen noch einmal hier bei uns sehen. Wenn Sie vernünftige Forderungen an Graham zu stellen haben, dann möchte ich Sie bitten, das in schriftlicher Form zu tun. Wir werden sie selbstverständlich erfüllen, was allerdings ein wenig von unserer finanziellen Lage abhängt. Die ist ja im Augenblick nicht so rosig, wie Sie sicher wissen.«

»Nein, was Sie nicht sagen!« sagte McGregor und lächelte immer noch. »Aber Sie sind immerhin besser dran als wir in unserer miesen Hütte am unteren Ende des Wehrs.«

»Und wenn Sie weiterhin versuchen sollten, anonyme Briefe zu schicken und Graham zu erpressen, dann werde ich Anzeige erstatten, denn Erpressung ist ein kriminelles Vergehen!«

»Aber, Madam, bei allem Eifer sollten Sie doch nicht übersehen, daß Ihr Mann vielleicht anderer Meinung ist. Vielleicht hat er doch noch Geheimnisse vor Ihnen, die er um nichts in der Welt publiziert sehen möchte. Sie können ihn ja einmal fragen, was es mit Hannastoul House auf sich hat. Ich nehme an, daß Sie diesen Namen noch nie gehört haben, stimmt's?«

»Der Stadtsyndikus hatte einen Zusammenbruch und war lange vernehmungsunfähig«, sagte Myfanwy und blickte Jane mit ihren blassen Augen an. »Aber inzwischen geht es ihm schon besser, so daß er auch wieder aussagen kann. Tim hat ihn vor einigen Monaten besucht und dabei erfahren, daß er immer noch im Besitz einiger Briefe ist, die Graham ihm vor einigen Jahren geschrieben hat, was er heute, gelinde gesagt, zutiefst bereut.« Sie sprach schnell, fast leiernd, so als habe sie diese Sätze auswendig gelernt.

»Ich bin an Ihren boshaften Tratschereien nicht interessiert«, sagte Jane und dachte dabei krampfhaft nach, weshalb der Name Hannastoul House ihr so vertraut vorkam. »Ich gehe jetzt zur Kirche, und ich erwarte, daß Sie bei meiner Rückkehr nicht mehr hiersein werden!«

Ohne eine Antwort abzuwarten, drehte sich Jane um und ging.

Sie konnte die boshaften Blicke der beiden förmlich auf ihrem Rücken spüren.

Das Wetter begann sich zu bessern. Als Jane an der kleinen Susan vorbeikam, die wie immer auf der Decke saß und vor sich hinstierte, bemerkte sie zu ihrem großen Entsetzen, daß Caroline und Susan wirklich eine ganz vage Familienähnlichkeit hatten. Deshalb hatte McGregor die lebhafte und aufgeweckte kleine Caroline immer so angesehen!

Als Jane zur Kirche kam, mußte sie feststellen, daß der heutige Nachmittagsgottesdienst ausfiel und in St. Mary in Five Oaks, einige Meilen entfernt, abgehalten wurde. Was also sollte sie jetzt tun? Zum Gottesdienst würde sie nicht mehr zurechtkommen, und nach Hause gehen wollte sie auch nicht, weil sie den McGregors Zeit geben mußte, ihre Sachen zusammenzusuchen und zu verschwinden. Sollte sie spazierengehen? Nein, nach dieser langen Nacht fühlte sie sich einem solchen Unternehmen wirklich nicht gewachsen.

In diesem Augenblick hörte sie den Bus die Steigung heraufdröhnen, und sofort war sie aller Sorgen enthoben. Sie rannte zur Haltestelle, erwischte den Bus gerade noch und kaufte sich eine Rundfahrkarte. So konnte sie sich gemütlich im Sitzen die Zeit vertreiben und kam dabei noch zum Nachdenken!

Während der ganzen Fahrt waren ihre Gedanken woanders. Sie sah aus dem Fenster, ohne etwas zu sehen. Die grünen Bäume, die Felder und Häuser zogen vorbei, aber Jane hätte nicht sagen können, wo sie sich gerade befanden. Über lange Strecken war sie der einzige Fahrgast. Nach einiger Zeit wurde das bißchen Sonne wieder von dichten Wolken verdrängt, und dann begann es zu regnen.

Tom, dachte sie plötzlich. Wenn ich ihm doch nur alles erzählt hätte! Aber dazu war es jetzt zu spät, außerdem, wer konnte ihr garantieren, daß er nicht glauben würde, sie hätte bereits die ganze Zeit über von dieser Verwandtschaft gewußt und sie nur vor ihm geheimhalten wollen?

Als der Bus wieder in Culveden eintraf, regnete es bereits heftig. Da Jane keinen Mantel mitgenommen hatte, mußte sie vom Tor bis zur Haustür quer durch die Pfützen spurten.

In den unteren Räumen war niemand.

»Ellie!« rief Jane nach oben, während sie ihre nassen Schuhe im Flur auszog. »Bist du so lieb und machst das Badezimmerfenster zu? Der Regen kommt genau von dieser Seite.«

Keine Antwort. Verwundert ging Jane nach oben, schloß das Fenster, zu dem es bereits munter hereinregnete, und schaute dann in jedes Zimmer. Niemand weit und breit! In Grahams Arbeitsraum direkt neben dem Schlafzimmer stolperte sie fast über einen großen Packen alter Zeitungen, die sie noch nie zuvor gesehen hatte. *Scotsmen* und *Glasgow Herald* lagen obenauf, und die Schlagzeilen sprangen Jane direkt in die Augen: ERSTE ERFOLGE IM FALL HANNASTOUL HOUSE!

Jane suchte eine frühere Ausgabe und fand, über was sie so lange vergeblich gegrübelt hatte: KATASTROPHE IM HANNASTOUL HOUSE! Hochhaus eingestürzt. Möglicherweise 25 Tote!

Deutlich erinnerte sich Jane wieder an die Berichte von diesem Unglück, das damals Schlagzeilen in allen Zeitungen gemacht hatte. Sie hatte damals noch zusammen mit ihrem Vater in Malta gelebt. Da das Unglück sie jedoch nicht persönlich betroffen hatte, hatte sie die Nachrichten mittlerweile wieder völlig vergessen.

Im Augenblick konnte sie sich jedenfalls nicht weiter damit beschäftigen, sie würde später Graham danach fragen. Jetzt war es erst einmal wichtiger, Ellie und die Kinder zu finden. Waren sie vielleicht alle zusammen zu Miß Ames zum Tee gegangen? Aber dann hätte Ellie sicher eine Nachricht hinterlassen. Und wo? Natürlich auf dem Küchentisch.

Jane lief in die Küche und blieb wie angewurzelt auf der Türschwelle stehen. Die McGregors waren immer noch da! Tim lehnte am Ofen, Mrs. McGregor saß sehr aufrecht auf einem Stuhl, und die kleine Susan guckte ausdruckslos vor sich hin.

»Ich hatte Ihnen doch gesagt, Sie sollten dieses Haus verlassen!« sagte Jane.

Wo waren sie gewesen, als sie vorhin hereingekommen war? Draußen? Hatten sie sich versteckt? Auf jeden Fall hätte sie sie bemerkt, wenn sie in der Küche gewesen wären.

»Oh, Madam«, begann McGregor mit seiner sanften Stimme, »Sie wollen uns doch bei solchem Regen nicht einfach vor die Tür setzen, oder?« Seine schwarzen Augen sahen sie an, dann seine Frau und kehrten schließlich wieder zu ihr zurück.

Als Jane aus dem Fenster blickte, sah sie zu ihrer großen Überraschung, daß Grahams Auto wieder an seinem Platz stand. Er mußte also inzwischen zurückgekommen sein und in der Nähe sein. Aber wo? Die Hintertür war nur angelehnt.

»Graham?« rief Jane.

Aber es kam keine Antwort. Auch kein Zettel weit und breit! Wo steckten nur Ellie und die Kinder? Und Graham?

»Graham?« rief sie noch einmal, wobei sie diesmal den Kopf aus der Hintertür steckte.

Wieder keine Antwort. Jane wurde die Sache langsam unheimlich.

»Mr. Drummond hat vorhin ein Sonnenbad genommen«, sagte McGregor grinsend. »Schon als kleiner Junge war er ganz verrückt auf eine schöne Sonnenbräune. Er ist vor etwa einer Stunde in den Garten gegangen, als die Sonne noch ein wenig schien. Es würde mich nicht wundern, wenn er immer noch draußen wäre!«

Er nickte mit dem Kopf in Richtung auf den hinteren Garten. Als Jane in diese Richtung blickte, sah sie ein rundes Etwas — Grahams Kopf? — genau oberhalb des kleinen Hügels, hinter dem der Garten sanft zu den Weiden zu abfiel. Lag Graham etwa noch immer auf der Wiese? Bei diesem Regen? War er vielleicht eingeschlafen?

Jane rannte bereits über die Wiese auf Graham zu und rief: »Graham! Um Himmels willen, was machst du denn?«

Aber in Wirklichkeit hatte sie es schon die ganze Zeit über gewußt.

Er lag ausgestreckt auf einem Liegestuhl, der Kopf hing etwas hintenüber, der Mund stand offen, so daß man fast erwartete, im nächsten Augenblick ein lautes Schnarchen zu hören. Genau das hatte Graham auch sicher getan, als jemand sich angeschlichen hatte und ihm mit brutaler Gewalt die Zinken einer Heugabel in die Kehle gerammt hatte. Es war ein grauenhafter Anblick.

Caroline! war Janes erster Gedanke. Sie durfte das auf gar keinen Fall sehen! Aber wo war sie, wo waren die Kinder? Und Ellie? Ich muß sie finden! Ja, telefonieren, die Polizei verständigen!

Plötzlich bemerkte Jane eine Fußspur, die sich in dem nassen Gras deutlich verfolgen ließ. Sie führte von Grahams Stuhl geradewegs den Hügel hinunter und auf den Zaun bei den Weiden zu. Ohne Zweifel stammte sie von einer Frau, denn ab und zu waren deutlich die tiefen Eindrücke der hohen Absätze zu erkennen. War Ellie vielleicht hier entlang gegangen? Aber Jane sah nur die eine Spur, es führte keine wieder zurück.

Ohne nachzudenken lief Jane den Hügel hinunter in Richtung auf das etwas weiter entfernt liegende Stauwehr, das in dem trüben Licht bleiern aussah, aber auf halbem Weg zögerte sie. Es war ja nur *eine* Spur! Und wo waren die Kinder?

In rasender Eile lief sie zurück zum Haus und dachte nur, daß sich Graham unmöglich ein solches Ding aus freiem Willen in die Kehle gesteckt haben konnte. Es handelte sich also um *Mord*! Einige Sekunden lang sah sie bereits die Schlagzeilen vor sich.

Diesmal lief sie durch den Vordereingang hinein, rannte mit lehmigen Schuhen über den hellen Teppich und schien überhaupt nicht zu bemerken, daß aus ihrem Kleid wahre Bäche auf den hübschen, grünen Sessel tropften.

Gerade als Jane den Hörer aufgenommen hatte und wählen wollte, kamen die McGregors leise aus der Küche herein.

»Ich, an Ihrer Stelle, würde das hübsch bleiben lassen«, sagte McGregor mit seiner öligen Stimme. Er nahm Jane den Hörer aus der Hand und legte ihn auf die Gabel zurück.

»Was wollen Sie damit sagen?« Jane starrte ihn fragend an.

Ohne nachzudenken war sie ins Haus gelaufen! Sie hatte einfach das nächste Telefon erreichen wollen. Aber jetzt bereute sie, daß sie nicht zur Telefonzelle neben dem Postamt gelaufen war. Das Schweigen der McGregors war unheimlich und drohend, und ihr wurde plötzlich bewußt, daß sie allein es mit diesen schrecklichen beiden Menschen aufnehmen mußte.

Graham? Hatten sie ihn vielleicht umgebracht? Sie mußte in Ruhe über alles nachdenken, aber sie ahnte bereits jetzt, daß ihre Aussprache mit den McGregors möglicherweise alles verursacht hatte.

»Ihr Mann ist tot, nicht wahr?« sagte McGregor leise, als hätte er ihre Gedanken erraten. »Woran ist er denn gestorben?«

»Ich ... ich ...«

Jane konnte nicht weitersprechen, weil ihr plötzlich das ganze Ausmaß der Gefahr, in der sie schwebte, bewußt geworden war. Sie blickte sich um und versuchte abzuschätzen, was die beiden wohl tun würden, wenn sie jetzt entschlossen durch die Vordertür verschwinden würde. Aber dann dachte sie an die Kinder. Wo waren die Kinder?

Und wieder schien McGregor ihre Gedanken erraten zu haben, denn er sagte: »Ich nehme an, Sie möchten gern erfahren, wo Ihre Kinder sind, oder?« Und nach einer Pause fuhr er fort: »Sie sind bei uns. Oh, nein, nicht hier. Meine Frau und ich haben sie weggebracht, während Sie nicht hier waren. Es war wirklich nicht sehr vernünftig von Ihnen, einfach so fortzugehen und mit dem Bus spazierenzufahren! Jeder könnte doch jetzt behaupten, daß Sie Ihre Kinder vernachlässigen. Myfanwy sah Sie in den Bus steigen und war etwas verwundert, da Sie doch eigentlich vorgehabt hatten, zur Kirche zu gehen. Sie hat sich sogar richtig geärgert, und wenn Myfanwy sich ärgert, macht sie oft die komischsten Sachen!«

»Wer hat meinen Mann getötet?« fragte Jane und sah McGregor ins Gesicht. »Waren Sie es?«

Als er sprach, war seine Stimme kaum mehr als ein Flüstern. »Warum fragen Sie, Madam? Sie haben ihn doch selbst getötet. Schließlich hatten Sie einen guten Grund, nicht wahr?«

»Sie wissen, daß das eine Lüge ist«, stieß Jane hervor. »Glauben Sie nur nicht, daß Sie damit durchkommen!« Jane sprach, wie sie hoffte, ruhig und überzeugend.

»Auch nicht, wenn Sie ein schriftliches Geständnis aufsetzen?«

»Dazu werden Sie mich wohl kaum bringen können.« Aber Janes Stimme klang nicht mehr so überzeugt.

»Und *wie* ich das kann!« Die schwarzen Augen schienen zu lächeln, kalt und grausam. »Sie dürfen die Kinder nicht vergessen! Was wird wohl aus ihnen werden? Wenn wir erst unsere Geschichte erzählt haben, werden sie die Kinder einer Mörderin sein! Ich glaube nicht, daß es ihnen im Leben einmal so gut gehen wird wie Ihnen oder Graham mit allen seinen guten Noten und Zeugnissen!«

»Was haben Sie mit den Kindern gemacht?« fragte Jane in panischer Angst. Ihre Stimme zitterte. »Wo sind sie?«

»Sie sind in unserem Haus. Waren Sie schon einmal dort, Madam? Nein, aber warum sollten Sie auch. Es ist nicht sehr hübsch. Außerdem liegt es in der billigsten Gegend, in die Sie ja doch niemals kommen. Das Stauwehr ist ganz in der Nähe. Davor fürchten Sie sich doch am meisten, nicht wahr? Wie oft haben Sie mich gebeten, den Zaun auszubessern, damit die lieben Kleinen nicht eines Tages in den Fluß fallen. Jetzt sind sie ein gutes Stück näher am Wehr! Deshalb mußte ich auch die Kinder in der Küche einschließen, wo es jetzt, wenn mich nicht alles täuscht, bereits hübsch dunkel sein wird. Wir haben nämlich kein elektrisches Licht. Uns geht es eben nicht so gut wie Ihnen.«

»Holen Sie die Kinder sofort zurück!« schrie Jane wütend. »Wenn Sie das nicht augenblicklich tun, werde ich...«

Völlig überraschend lief sie auf die Tür zu, aber McGregor war schneller.

»Oh, nein, Madam! Nicht so eilig. Erst unterschreiben Sie noch das Geständnis. Sie geben zu, daß Sie Ihren Mann aus Eifersucht getötet haben, als sie herausgefunden hatten, daß er ein Verhältnis mit Ihrer Freundin, Miß Ellie Rostrevor, hatte. Er hat sich mit ihr immer im Little White Rock Hotel in Hastings getroffen! Dreimal dürfen Sie raten, weshalb.«

»Eine dümmere Geschichte haben Sie sich wohl nicht ausdenken können! Da ist kein wahres Wort daran!« Während sie sprach, wurde ihre Stimme immer leiser.

»Oh, Madam, Sie dürfen es mir glauben. Es ist wahr. Sie bekam sogar ein Kind von ihm. Myfanwy hat gestern einen heftigen Streit der beiden belauscht. Niemand wird Ihnen einen Vorwurf daraus machen, daß Sie sich einige Sekunden lang nicht beherrschen konnten. Sie können also ruhig das Geständnis unterschreiben. Was meinst du, Myfanwy?«

Jane drehte sich um und blickte Mrs. McGregor an, die die ganze Zeit über still dagesessen und die Szene beobachtet hatte.

»Der Hochmut ist Ihnen wohl vergangen?« fragte sie bissig, und ihre Stimme war voller Haß. »Für Sie war ich ja nur eine Putzfrau, ein besserer Putzlumpen. Ja, Madam, und nein, Madam, und hat Caroline lieb gegessen und wieso ist Caroline wieder schmutzig? Dieses widerspenstige, kleine Biest, das noch nicht einmal trocken ist. Für eine Tasse Tee waren wir Ihnen auch nicht gut genug, oder? Sie sind ja sogar lieber mit dem Bus durch die Gegend gefahren, statt sich mit uns einmal vernünftig zu unterhalten!«

Während sie Jane mit ihren wäßrigen Augen anstarrte, schabte sie einen Brocken Erde von ihren Schuhen und trat ihn voller Haß tief in den hellen Teppich. (Für den müssen wir auch noch sechs Raten bezahlen, dachte Jane plötzlich.)

»Weiße Teppiche! Ich werde es Ihnen schon noch zeigen, meine Verehrteste! Wir können uns noch nicht einmal Wachstuch für den Küchentisch leisten. Hier wird sich in Zukunft einiges ändern. Sie denken wohl immer noch, daß das hier Ihr Haus ist. Nun, dann muß ich Sie enttäuschen. Ab jetzt gehört es denen, die dafür geschuftet haben, nämlich Tim und mir. Wer hat denn den Garten angelegt? Wer hat immer alles geputzt? Sie doch nicht, und noch weniger dieses traurige Häufchen Abfall, das Sie als Ihren Mann bezeichnet haben!«

»Hören Sie, Sie steigern sich da in etwas hinein«, begann Jane vorsichtig, ohne sich ihr rasendes Herzklopfen anmerken zu lassen. Mrs. McGregors Augen glänzten unnatürlich, ihre Stimme hatte eindeutig den hellen, schrillen Klang einer psychisch Kranken, und ihre Haut zeigte auf einmal eine völlig anormale Färbung.

»Ich steigere mich in gar nichts hinein, meine Dame! Und ich werde Ihnen sogar noch mehr Dinge erzählen, von denen Sie keinen blassen Schimmer haben. Bevor Graham Sie getroffen hat, war er mit meiner Schwester verheiratet. Ich weiß, Sie glauben, daß er viel zu eingebildet war, als daß er sich mit meiner Schwester verheiratet hätte, aber ...«

»Natürlich glaube ich so etwas Dummes nicht. Ich wußte, daß er ...«

»Und er hat Ceridwen mehr geliebt, als er Sie jemals geliebt hat! Das können Sie mir glauben. Leider konnte sie keine Kinder bekommen, aber wenn sie welche gehabt hätte, wären es jedenfalls keine solchen Mißgeburten gewesen wie Ihre.«

»Myfanwy ist von Ihren Kindern nicht gerade begeistert«, murmelte McGregor mit seiner leisen Stimme. »Besonders Caroline kann sie nicht leiden, aber sie glaubt, daß das Mädchen nach einigen Tagen schon viel zahmer sein wird. Myfanwy vermißt ihre Schwester sehr, das müssen Sie verstehen. Sie wurde damals getötet, als das Hannastoul House einstürzte, ja, genau das Haus, das Graham selbst entworfen hatte! Sie hatten eine Wohnung in diesem Block, und Ceridwen war an diesem Abend allein zu Hause. Ein Deckenträger hat sie zerschmettert. Myfanwy kann es einfach nicht vergessen.«

»Wenn er zu Hause gewesen wäre, wie sich das ja auch gehört, hätte er sie möglicherweise retten können«, sagte Mrs. McGregor mit tonloser Stimme. »Oder er wäre wenigstens auch gestorben, was gar nicht einmal so verkehrt gewesen wäre! Aber der schlaue Graham hat sich nie allzu lange in diesem Haus aufgehalten! Er wußte schon, was er tat. Schließlich war er der Sachverständige und kannte sich am besten aus. Er war an diesem Abend in Malta, wo er damals bereits öfter gewesen war, um sich ein neues Leben aufzubauen für die Zeit, wenn er seine Frau und seine alten Verbindungen endlich lossein würde.«

»Ich verstehe kein Wort«, sagte Jane verwirrt. »Soll das heißen, daß Graham Hannastoul House entworfen hat?«

»Ja, er war der Architekt, und meine Firma hat es gebaut. Damals ging es mir ganz gut, ich hatte meine eigene Baugesellschaft, die Gorbal-Baugesellschaft. Damals war Graham nicht zu stolz, um mit seiner Familie zusammenzuarbeiten, denn wir verdienten ganz hübsch!« sagte McGregor stolz.

Verwundert überlegte Jane, wie es McGregor wohl geschafft hatte, nach einer Freiheitsstrafe sich in so kurzer Zeit ein eigenes Bauunternehmen aufzubauen. Hatte er im Gefängnis einen Beruf gelernt? Vielleicht hatte Graham seinem Bruder geholfen?

»Aber sobald es Schwierigkeiten gab, änderte sich die Sache«, zischte Myfanwy zwischen ihren Zähnen hervor. »Da war unser Herr Bruder in Windeseile verschwunden. Und Tim mußte die Suppe auslöffeln, während Graham sich, ohne an uns und an unser Schicksal zu denken, nach Malta absetzte, seinen Namen änderte und ein neues Leben begann. Ihn kümmerte es überhaupt nicht, was mit uns geschah.«

Ja, natürlich, jetzt erinnerte Jane sich wieder. Es war damals festgestellt worden, daß die Bauunternehmung gewußt hatte, daß die angewandten Methoden und das verwendete Material keineswegs ausreichend oder zumindest doch nicht ganz einwandfrei waren, aber der Architekt war zweifelsfrei entlastet worden.

»Sie glauben doch nicht im Ernst, daß jemand so dumm ist, ein Haus zu entwerfen, von dem er sicher weiß, daß es in allernächster Zeit einstürzen wird?« fragte Jane empört.

»Wenn sein eigener Bruder die Bauleitung hat? Ihm war doch alles egal, Hauptsache, die Kasse stimmte. Sie wollen mir doch wohl nicht einreden, daß er aus lauter Nettigkeit seine Frau in diesem Haus einquartiert hat?« fragte Mrs. McGregor keifend. »Er hat eiskalt damit gerechnet, daß dieses Haus früher oder später einstürzen würde, und er hat sich überlegt, daß das eine wirksame und zugleich billige Methode wäre, seine Frau, die er mittlerweile nicht mehr ausstehen konnte, loszuwerden.«

»Hör auf«, sagte McGregor plötzlich. Er sagte es ganz leise, aber so bestimmt, daß Mrs. McGregor ihren nächsten Satz wieder hinunterschluckte. »Du redest wieder Unsinn, du kannst dich einfach nicht beherrschen.«

Wie recht er hatte. In Mrs. McGregors Mundwinkeln standen kleine Spuckebläschen, und sie rang unaufhörlich die Hände, so als müsse sie etwas zerbrechen.

»Geh jetzt nach Hause und bring die Kinder zu Bett«, befahl McGregor.

»Ich glaube nicht, daß Sie die Kinder haben«, sagte Jane. »Sagen Sie mir lieber, wo Miß Rostrevor ist!«

»Miß Rostrevor war nicht ganz normal, Madam«, sagte McGregor fast freundlich. Er sprach wie jemand, der gerade den ersten seiner vielen Trümpfe ausspielt. »Also, um vorne anzufangen, Graham kam heute nachmittag nach Hause, und die beiden hatten wieder Streit. Er sagte ihr, sie sollte verschwinden und sich das Kind wegmachen lassen oder, wenn sie damit nicht einverstanden wäre, ins Wasser gehen. Heulend lief sie nach oben und genehmigte sich einige Schlucke aus der Flasche. Sie wußten doch, daß sie trank, oder? Wirklich, so einer Person kann man doch unmöglich die Kinder anvertrauen! Myfanwy ging nach oben und sah, wie Miß Rostrevor einige Tabletten nahm, Schlaftabletten. Dann tat sie genau das, was Graham ihr empfohlen hatte — sie warf sich in das Stauwehr.«

Jane öffnete den Mund, aber sie sagte nichts. Hatte Ellie Graham getötet? War sie wirklich schwanger gewesen? War überhaupt ein einziges wahres Wort an dieser Geschichte?

Möglich war es. Armer Graham. Armer, verzweifelter Graham! Er hatte Schulden gehabt, die Schwierigkeiten waren ihm über den Kopf gewachsen, und als dann auch noch sein Bruder aufgetaucht war, hatte er Trost und Hilfe gesucht und sich der Freundin seiner Frau anvertraut. Und dadurch war er nur noch tiefer ins Unglück hineingeraten.

»Soll ich es Ihnen beweisen?« fragte McGregor und packte Jane plötzlich mit hartem Griff am Arm. Während er sie hinter sich her nach oben zog, rief er über die Schulter: »Und du gehst jetzt endlich nach Hause und kümmerst dich um die Kinder! Du weißt, was du zu tun hast.«

In Ellies Zimmer sah Jane, was ihr vorhin bei ihrer oberflächlichen Suche entgangen war: Die Whiskyflasche war leer, in dem Pillenfläschchen waren nur noch einige wenige Tabletten, und daneben lag ein Zettel mit krakeligen Buchstaben: »Jane ... entschuldige ... ich bin verzweifelt ... *Kerker* ...«

»Und Sie sind schuld daran«, sagte McGregor plötzlich. »Sie selbst haben ihr gestern abend gesagt, wo die Schlaftabletten stehen. Ich war nämlich zufälligerweise gerade vor dem Küchenfenster, als Sie es ihr sagten. Ich hatte meine Hacke vergessen und war eigentlich nur gekommen, um sie zu holen. Nein!« rief er, als Jane ihre Hand ausstreckte, um den Zettel vom Tisch zu nehmen. »Wir wollen doch die Arbeit der Polizei nicht unnötig stören oder sogar Fingerabdrücke hinterlassen, oder?«

Er war stark wie ein Bär und hielt Jane in einem eisernen Griff. Flüchtig dachte Jane, daß sie gar nicht erwartet hätte, daß Gartenarbeit solche Kräfte verlieh. Ohne den Griff zu lockern, schob McGregor Jane aus dem Zimmer und drehte den Schlüssel um.

»Später werden wir die Polizei benachrichtigen«, sagte er, während er den Schlüssel in die Tasche steckte. »Aber zuerst werden Sie das Geständnis unterschreiben.«

Auf der Treppe stolperte Jane, und McGregor ließ sie absichtlich gegen den Treppenpfosten fallen, so daß sie sich an der Stirn verletzte. Janes vergebliche Verteidigungsanstrengungen schienen ihn offensichtlich langsam zu langweilen.

Unten war alles ruhig. Mrs. McGregor war gegangen. Plötzlich sah Jane Donald und Caroline vor sich, und ihr wurde ganz schlecht bei dem Gedanken, daß ihre süßen Kinder in diesem finsteren Haus neben dem Stauwehr saßen und auf die Rückkehr dieser schrecklichen Frau warteten! Mit einer verzweifelten Bewegung riß sich Jane los und rannte zur Haustür.

Aber sie war verschlossen! Jane raste zur Hintertür, aber an der Schwelle der Küchentür hatte McGregor sie eingeholt und versuchte, sie festzuhalten, wodurch sie aus dem Gleichgewicht kam und der Länge nach auf den Fliesenboden fiel und sich den Kopf an einem Stuhl anschlug.

Blitzschnell kniete McGregor über ihr, drückte sie mühelos mit einem Knie auf den Boden, während er ihr die Hände mit einem Stück Bast, das er rasch aus seiner Tasche gezogen hatte, fesselte und in Ruhe sein Werk überprüfte. Der Bast schnitt ihr in die Gelenke.

Dann zerrte er Jane in die Höhe, richtete den Stuhl wieder auf und gab Jane einen solchen Stoß, daß sie darauf fiel. Sie starrte ihn an, und er starrte zurück. Kain, dachte Jane plötzlich. War Kain eigentlich älter als sein Bruder gewesen? Waren beide verheiratet gewesen?

»Sobald Sie sich bereit erklären, dieses Geständnis zu schreiben, binde ich Sie wieder los«, sagte er mit einem Blick auf ihre gefesselten Hände. Er atmete ein wenig heftiger, sonst war ihm nichts von diesem Kampf anzumerken.

»Sie werden doch niemals damit durchkommen.« Jane sprach ruhig und überzeugend. »Schließlich sind überall Fingerabdrücke. Außerdem war ich in der fraglichen Zeit im Autobus, was der Fahrer sicher bestätigen wird.«

»Aber nicht Dick Horsmonden«, erklärte McGregor genüßlich.

»Sie waren mit ihm allein im Bus, stimmt's? Myfanwy hat alles beobachtet. Ich weiß zuviel über das, was er in der Zwanzig-Minuten-Pause in Hob Hill treibt. Nein, er wird nur zu gerne aussagen, was ich ihm vorschreibe: Er hat gesehen, daß Sie in Fernden ausgestiegen und auf dem kleinen Fußweg quer durch die Felder nach Culveden zurückgelaufen sind. Das konnten Sie ohne weiteres in zwanzig Minuten schaffen. Außerdem sind die Fingerabdrücke bereits beseitigt, und der einzige Mensch, der Ihnen beistehen könnte, liegt im Stauwehr.«

»Ich glaube Ihnen nicht«, sagte Jane, aber sie glaubte ihm.

»Es war wirklich äußerst passend! Ich muß mich direkt bei Miß Rostrevor bedanken.«

Ein schrecklicher Alptraum, dachte Jane. Ich sitze hier in meiner eigenen Küche und muß mir von diesem Mann sagen lassen, daß der Tod meiner besten Freundin ihm gerade gelegen kam. Ich muß Hilfe holen, und zwar auf dem schnellsten Weg! Irgend jemand *muß* mir doch glauben. Die Nachbarn, die Polizei — würden sie mir glauben? Eigentlich kenne ich so gut wie niemanden. Tom?

Wenn ein Ehemann ermordet wird, ist meistens die Ehefrau die Hauptverdächtige. Und Graham ist *tot*. Er ist *tot*.

Wieder schien McGregor ihre geheimsten Gedanken zu erraten, denn er sagte: »Das Ganze ist ein kleiner Schock, nicht wahr? Es ist wirklich alles sehr überzeugend. In der Nachbarschaft weiß man inzwischen, daß Sie und Graham nicht gut miteinander ausgekommen sind. Myfanwy ist nämlich eine begabte Klatschbase, sie hat ausgiebig herumgetratscht, daß Sie abends immer mit Mr. Roland nach Hause kommen, wie nett Sie zu ihm sind und daß Sie sich heimlich mit ihm im Café treffen. Woher soll man eigentlich wissen, ob Sie nicht den ganzen Tag mit ihm verbringen? Na, jedenfalls wissen mittlerweile alle Nachbarn Bescheid!«

Nein, an Tom kann ich mich nicht wenden! Ich darf ihn nicht auch noch mit hineinziehen.

Plötzlich klingelte das Telefon.

»Gehen Sie dran«, sagte McGregor. Er zog Jane ins Wohnzimmer, nahm den Hörer ab und hielt ihn ihr ans Ohr.

»Hilfe!« rief Jane.

»Es nützt Ihnen überhaupt nichts, wenn Sie so hysterisch herumschreien«, sagte Mrs. McGregors Stimme. »Ich wollte nur sagen, daß ich inzwischen zu Hause bin. Miß Caroline war wieder einmal ungezogen und hat sich naß gemacht. Wenn sich das nicht bald bessert, wird sie wohl einige Zeit im Kohlenkeller verbringen müssen. Bitte, Madam, sprechen Sie mit ihr und verlangen Sie, daß sie mir gehorchen soll.«

»Ich glaube Ihnen nicht«, rief Jane hastig.

»Wollen Sie ihre Stimme hören? Einen Augenblick, bitte. Ich hole sie . . .«

Nach einer kurzen Pause hörte Jane einen lauten Klatsch, dann ertönte Mrs. McGregors scharfe Stimme, die etwas sagte, was Jane nicht verstehen konnte, dann: »Sagst du jetzt etwas, oder soll ich dich noch einmal schlagen?«

Eine kleine, tränenerstickte Stimme sagte: »Hallo, Mami!«

»Caroline, bist du es wirklich? Ist Donald auch da? Bist du bei Mrs. McGregor zu Hause?«

»Hallo, Mami«, sagte die Stimme wieder. Dann hörte Jane ein dumpfes Geräusch, bevor Mrs. McGregor sagte: »Du kleines Biest . . .« Ein erstickter Schrei, ein Klicken, und dann war alles ruhig.

»Glauben Sie jetzt, daß es besser ist, wenn Sie endlich dieses verdammte Geständnis schreiben?« fragte McGregor. »Hier ist ein Kugelschreiber, und da liegt der Block.«

Er schubste sie in einen der grünen Sessel neben dem Fenster und legte den Block auf einen dicken Kunstband auf Janes Schoß. Dann diktierte er: »Ich, Jane Drummond, gestehe, daß ich meinen Mann umgebracht habe, als ich herausfand, daß er ein Verhältnis mit meiner Freundin Ellie hatte. Als sie sah, was ich getan hatte, stürzte sie sich voller Verzweiflung ins Stauwehr . . .«

Jane starrte auf das Papier. »Warum soll ich das schreiben?«

»Wegen dem Haus.«

»Wie bitte?«

»Jeder soll genau wissen, daß ich nichts damit zu tun habe. Ich bin doch der nächste Verwandte«, sagte McGregor grinsend. »Ein Jahr lang etwa werde ich verschwunden bleiben, bis etwas Gras über die ganze Geschichte gewachsen ist. Dann werde ich wiederkommen und mein Erbe beanspruchen! Dann weiß niemand mehr, daß ich einmal hier Gärtner war. Wir wollten sowieso umziehen, aber dann tauchte überraschend Graham hier auf. Jetzt fahren Myfanwy und ich erst einmal zu ihrer Familie nach Wales. Aber das hat ja für Sie wenig Bedeutung: Sie werden im Gefängnis sein und die Kinder in einem Waisenhaus! Oder möchten Sie, daß Myfanwy und ich sie zu uns nehmen? Schließlich bin ich ihr Onkel!«

Er wußte, daß er ein wenig zu viel gesagt hatte.

»Wenn Sie nur hinter dem Haus her sind, wird Ihnen auch dieses Geständnis nichts nützen«, sagte Jane.

Schließlich ist Donald Grahams Erbe, wollte sie gerade sagen, aber dann besann sie sich. Donald? Ein sechs Monate altes Kind, das bei einer Frau lebt, die den Tod ihrer Schwester, die keine Kinder bekommen konnte, noch immer nicht verwunden hat? Statt dessen sagte Jane: »Hier ist so gut wie noch nichts bezahlt! Das Haus ist bis zur Höchstgrenze mit Hypotheken belastet.«

»Aber die Papiere«, sagte McGregor schnell, »und Grahams Lebensversicherung?«

»Graham hat auf alles Geld geliehen. Selbst wenn Sie etwas erben sollten, werden Sie keine Freude daran haben. Nur meine Kleider und die Sachen der Kinder sind bezahlt. Alle Möbel sind auf Raten gekauft.«

Einen so langen und wütenden Fluch hatte Jane noch nie gehört. Als McGregor sich wieder halbwegs beruhigt hatte, sagte er zu sich selbst: »Habe ich es dieser dummen Hexe nicht gleich gesagt! Lebendig hätten wir viel mehr aus ihm herausholen können, aber sie wußte es ja wieder einmal besser. Sie hat sich über Ihre Predigt so aufgeregt, daß sie gar nicht mehr klar denken konnte, sondern ihre Wut so schnell wie möglich loswerden wollte.«

Mrs. McGregor hatte ihre Wut abreagieren wollen?

Plötzlich sah Jane wieder die Hände dieser Frau vor sich. Ja, sie waren wirklich etwas dunkel verfärbt gewesen, und sie hatte sie nicht eine Sekunde lang stillhalten können.

»Und wenn ich dieses blödsinnige Geständnis nicht unterschreibe?« fragte Jane.

»Nun, das müssen Sie selbst wissen. Sie können sich entscheiden, ob Sie am Leben bleiben wollen oder nicht«, sagte McGregor geschäftsmäßig. »Hier liegen bereits zwei Leichen herum, da kommt es auf eine mehr oder weniger nun wirklich nicht mehr an. Wer könnte dann noch mit Sicherheit sagen, wer wen umgebracht hat? Hat Miß Rostrevor Sie mit ins Wehr gezogen oder war es umgekehrt? Sagen Sie, nehmen Sie mich überhaupt ernst?«

»Aber natürlich nehme ich Sie ernst.«

Jane war von dem entschlossenen, kalten Klang seiner Stimme beeindruckt. Hatte Graham seinen Bruder wirklich so sehr unterschätzt? Nein, aber sicher hatte er anfangs versucht, die Sache einfach nicht zur Kenntnis zu nehmen und dadurch vielleicht aus der Welt zu schaffen. Darin war er schon immer ein wahrer Meister gewesen.

»Soll ich Ihnen mal was zeigen?« fragte McGregor. Rasch ging er durch die Küche und kehrte mit einer Gartenschere zurück. Wie alle seine Werkzeuge, so glänzte auch dieses vor Sauberkeit.

»Sehen Sie das?« fragte er und bewegte seine Hände auseinander. Die Schneiden öffneten sich.

Jane blickte von der Schere auf sein Gesicht und wieder zurück auf die Schere. Sie versuchte zu denken, aber in ihrem Kopf herrschte nur angstvolle Leere.

»Hören Sie...«, begann sie zögernd.

»Myfanwy hat mich gebeten, das zu tun. Es tut ihr leid, daß sie nicht selbst dabeisein kann. Übrigens«, sagte er, beugte sich plötzlich ganz nah zu Jane herunter und starrte ihr in die Augen, während er weitersprach: »Wissen Sie eigentlich, was Ihr hübscher Ehemann eines Tages versucht hat? Es ist kaum zu glauben, aber er hat doch tatsächlich versucht, meine Frau zu vergewaltigen! Die Frau seines eigenen Bruders! Aber sie hat ihn zum Teufel gejagt.«

»Das kann ich nicht glauben«, sagte Jane. Graham und dieses fürchterliche Wesen? Unmöglich.

»Nein? Sie glauben mir nicht?« fragte McGregor höhnisch.

»Dann glauben Sie vielleicht das!« Und mit einer blitzschnellen Bewegung trat er hinter Janes Stuhl, und sie fühlte die blanken Schneiden in ihrem Nacken und beugte sich instinktiv nach vorn.

»Wenn Sie nicht stillhalten, kann ich nicht garantieren, daß die Ohren dranbleiben!« Wieder fühlte Jane die Schere, dann ein Schnappen, und plötzlich fühlte sich ihr Nacken seltsam kühl an. Aus den Augenwinkeln sah sie, daß ihre herrlichen Haare rund um den Stuhl auf dem Boden lagen. Ja, das würde Myfanwy freuen.

Hoffentlich hat er sich jetzt abreagiert, dachte Jane. McGregor ging um den Sessel herum und betrachtete sein Werk genüßlich auch noch von der anderen Seite, aber, wenigstens für den Augenblick, hatte er sich spürbar beruhigt.

Mittlerweile war es draußen schon fast dämmerig, und die Schatten im Zimmer wurden immer größer. Jane konnte McGregors Gesichtsausdruck kaum erkennen, denn er stand mit dem Rücken zum Fenster. Seine Augen schienen nur noch schwarze Löcher in einer unbeweglichen Maske zu sein, nur aus seiner wachsamen, gespannten Haltung konnte sie erkennen, daß er es nach wie vor ernst meinte.

Auch wenn ich dieses Geständnis schreibe, wird er mich nicht gehen lassen, überlegte Jane fieberhaft. Warum sollte er auch? Dies ist sein letzter Triumph über Graham. Es ist nur schade, daß Graham nicht hier ist, um alles mitzuerleben, aber ich, als seine Frau, bin schließlich besser als gar nichts.

Sie mußte ihn dazu bringen, ihr die Fesseln abzunehmen, das war der einzige Ausweg.

»Wenn ich das Geständnis schreibe«, sagte Jane, »versprechen Sie mir dann, für meine Kinder zu sorgen, wenn ich im Gefängnis bin?«

Hoffentlich, hoffentlich fällt er darauf herein, dachte Jane. Vielleicht bleibt mir noch ein Ausweg. Bisher hatte sie ihre Gefühle zurückgehalten, um McGregor wenigstens diesen Spaß zu verderben, aber nun ließ sie ihren Tränen freien Lauf, und die Spannungen und Aufregungen der letzten Stunden entluden sich. Sie wischte sich dauernd über das Gesicht und versuchte schließlich, mit ihren gefesselten Händen den Kugelschreiber aufzunehmen.

»Aber natürlich werde ich Grahams Kinder nicht verhungern lassen«, sagte McGregor. »Schließlich hat er mir ja auch einmal geholfen, indem er mich als Gärtner angestellt hat. Aber Myfanwy hat auch noch ein Wörtchen mitzureden. Trotzdem, ich werde tun, was ich kann. Sie haben sich also endlich entschlossen, das Geständnis zu schreiben? Ich werde Sie nur noch schnell fesseln, damit ich Ihre Hände losbinden kann.«

Und damit kniete er nieder, fesselte ihre Knöchel mit einem neuen Bastfaden so fest, daß Jane fast geschrien hätte, und löste schließlich mit einem einzigen Schnitt der rasiermesserscharfen Schere ihre Handfesseln. Jane bewegte ihre schmerzhaft angeschwollenen Gelenke und nahm dann gehorsam den Kugelschreiber in die Hand.

McGregor kam näher und beugte sich über sie. Gierig verfolgten seine Augen jede Bewegung ihrer Hand.

Ich, Jane Drummond ...

Jane beugte sich nach vorn, um ihre Arme auf die Sessellehne zu stützen und gleichzeitig ihr rasendes Herzklopfen und ihre zitternden Hände zu verbergen. Mühsam nahm sie sich zusammen, um McGregor ihre Aufregung nicht merken zu lassen.

Auf dem Fensterbrett neben Jane, aber hinter der Gardine verborgen und außerhalb der Sichtweite McGregors, stand eine Dose mit Insektenspray. Voll oder leer? Wer hatte die Dose dort hingestellt? Seit wann stand sie schon da?

Jane beugte sich noch ein wenig weiter nach vorn und griff mit einer blitzschnellen Bewegung nach der Dose und sprühte McGregor den Inhalt direkt ins Gesicht.

Die Dose war noch fast voll, und die ätzende Lösung traf McGregor auf kürzeste Entfernung. Er hustete und hustete, rieb sich die Augen, keuchte und ließ die Schere fallen.

Jane fing sie auf und rammte McGregor die Griffe mit aller Wucht in den Bauch. Das setzte ihn für eine Weile außer Gefecht, so daß sie Zeit hatte, ihre Fesseln zu durchtrennen. In diesem Augenblick fiel ein Stuhl um und zertrümmerte mit lautem Knall eines der französischen Fenster, für das sie erst vor kurzem eine hohe Glasbruchversicherung abgeschlossen hatten, weil die Vögel so oft dagegen flogen.

Ohne sich umzusehen, rannte Jane, die Schere noch immer in der Hand, durch die Küche und die Hintertür ins Freie. Draußen war es noch etwas heller als im Haus.

Zuerst dachte Jane an das Auto, das glänzend und wohlgepflegt auf seinem Platz stand. Das Auto war Grahams zweite Liebe gewesen. Ein kurzer Blick durch die Scheiben genügte, um zu erkennen, daß der Schlüssel nicht im Schloß steckte. Das wäre auch gar nicht Grahams Art gewesen. Der Schlüssel mußte also noch in seiner Hosentasche stecken. Nein, das kann ich nicht ... Außerdem war die Zeit viel zu kurz.

McGregor hatte sich inzwischen etwas erholt und stürmte gerade aus der Hintertür. Sein Gesicht war vor Zorn ganz rot angelaufen. Drohend schwenkte er das Küchenbeil.

Weil Jane in Richtung Garage gelaufen war, war McGregor jetzt genau zwischen ihr und der Einfahrt. Ich muß hinten ums Haus herumlaufen, dachte Jane, aber gleichzeitig wurde ihr fast übel vor Angst, denn sie wußte, wie schnell McGregor laufen konnte. Sie hatte sich schon häufig darüber gewundert, daß dieser hagere, fast elend aussehende Mann so irrsinnig schnell war.

Er wird mich noch in der Einfahrt einholen, schoß es Jane durch den Kopf, und schon glaubte sie den blanken Stahl der Axt im Nacken zu spüren.

Als sie um die Hausecke jagte, stolperte sie zu ihrer großen Überraschung fast über ein Fahrrad. Myfanwy mußte es vergessen haben. Aber warum? Warum hatte sie es nicht mitgenommen? Weil sie alle drei Kinder mitgenommen hatte — nein, sie mußte Donald und Caroline weggebracht haben und dann mit Susan wieder zurückgekommen sein. War sie noch irgendwo in der Nähe?

Während Jane in Sekunden alle diese Möglichkeiten durch den Kopf schossen, hatte sie rasch die Schere fallen lassen und sich auf das Rad geschwungen. So rasch das bei dem hohen, nassen Gras möglich war, fuhr sie quer über die Wiese auf das hintere Ende des Gartens zu. Hinter sich hörte sie das keuchende Atmen von McGregor.

»Sie müssen nicht glauben, daß Sie mir entkommen«, schrie er hinter ihr her. »Ich kriege Sie, darauf können Sie sich verlassen!«

McGregors Stimme klang schon recht nahe, und ein kurzer Blick über die Schulter überzeugte Jane davon, daß er beträchtlich aufgeholt hatte. Aber in diesem Augenblick fuhr sie über den Hügelkamm, und das Rad lief fast von allein den Hügel hinunter in Richtung auf Grahams Studio und den hinteren Zaun. Allmählich wurde das Fluchen und Schimpfen hinter Jane etwas leiser.

Dies war sicher nicht der allerbeste Weg, um vor diesem Monstrum davonzulaufen, aber da sie ihn nun einmal eingeschlagen hatte, mußte sie auch wohl oder übel weiterfahren. Ganz so schlimm war es auch nicht, denn hinter dem Zaun führte ein schmaler Weg durch die Wiesen am Fluß, hinter einigen Schrebergärten vorbei und schließlich wieder ins Städtchen zurück. Jane war den Weg schon einige Male vom anderen Ende aus ein Stückchen gegangen, denn der ganze Weg war für die Kinder noch zu weit. Ellie mußte ebenfalls diesen Weg genommen haben!

Aber wie würde sie dieses Fahrrad über den Zaun bringen? Sie mußte sich schnell etwas einfallen lassen, denn die Schritte hinter ihr wurden wieder lauter.

Vor ihr erstreckte sich der Zaun nach beiden Seiten. Die einzelnen Latten wurden am oberen und unteren Ende von einem Draht zusammengehalten, so daß der Zaun nicht gerade sehr fest war und man unmöglich hinübersteigen konnte. Außerdem war er relativ hoch, so daß Jane kaum genug Zeit haben würde, das Fahrrad mühsam auf die andere Seite zu hieven. An einigen Stellen waren die Latten bereits reichlich verfault, hier und da klafften schon beträchtliche Lücken, durch die kleine Kinder oder Hunde ohne weiteres hindurchschlüpfen konnten. Jane konnte schon gar nicht mehr sagen, wie oft sie McGregor und Graham gebeten hatte, diese Stellen auszubessern, aber die beiden hatten immer etwas vorgehabt, was meistens auch interessanter war, als morsche Latten auszuwechseln.

Hatte McGregor an dem Zaun gearbeitet? Das würde Jane in wenigen Sekunden ganz genau wissen. Im Augenblick hatte sie nicht einmal mehr genug Zeit, sich eine besonders morsche Stelle auszusuchen. Sie trat wie verrückt die Pedale, zog den Kopf zwischen die Schultern, schloß die Augen und raste genau auf den

Zaun zu. Würde sie steckenbleiben? Oder etwa in hohem Bogen über den Zaun geschleudert werden?

Aber nichts dergleichen geschah. Es knackte und ächzte, dann stürzte der Zaun mit gewaltigem Krachen zusammen, und sie war auf der anderen Seite! Sie war durch. Sie hatte zwar einige Mühe, das Gleichgewicht zu halten, aber schließlich war auch das geschafft, und Jane steuerte nach links in einem weiten Bogen auf den Weg zu.

Aus den Augenwinkeln bemerkte sie, daß McGregor bereits über die Zaunruine geklettert war und ebenfalls nach links auf den Weg zulief. Dabei schnitt er aber einfach einen ganzen Bogen ab, und Jane mußte befürchten, daß er vor ihr den Weg erreichte. Rasch wendete sie und fuhr in die entgegengesetzte Richtung. Zum Glück, denn im selben Augenblick fiel ihr ein, daß der Weg hinter den Schrebergärten an einigen Stellen von niedrigen Zäunen unterbrochen wurde. Das war auch ein Grund, weshalb sie mit dem Kinderwagen bisher noch nicht weiter vorgestoßen war.

Aber wohin fuhr sie jetzt? Sie versuchte, sich die Aussicht, die sie von ihrem Wohnzimmerfenster aus hatte, vorzustellen. Graham hatte seinen Klienten immer stolz erklärt: »Kein Haus weit und breit! Außerdem ist alles, so weit Sie blicken können, Landschaftsschutzgebiet, in dem niemals gebaut werden darf.«

Ein riesiges, unbekanntes Gebiet ohne Häuser oder Straßen. Im Augenblick fuhr Jane in gerader Richtung von der einzigen Straße weg, einer Fortsetzung der Hauptstraße, die links von Jane das Tal durchquerte. Vor ihr lagen einige Wiesen, der helle Fleck war das Stauwehr, dahinter erstreckten sich Felder, dazwischen die Anlagen einer Reitschule und schließlich noch verschiedene Gärtnereien. Genau gegenüber, auf der anderen Seite des Tals, konnte man die Autos auf einer breiten Landstraße vorbeifahren sehen. Aber zwischen Jane und dieser Landstraße lagen gut zwei Meilen unbekanntes Gelände, das sie noch dazu in rasendem Tempo durchqueren mußte. Bisher hatte sie sich noch nie so weit vorgewagt, weil ihr Aktionsradius durch die beiden kleinen Kinder wirklich beschränkt war.

Ihr eigenes Haus lag jetzt etwa halbrechts hinter ihr. Ob es wohl möglich war, in einem großen Bogen wieder zum Haus zurückzukommen, um die Polizei anzurufen, oder doch wenigstens zurück in die Stadt, um an irgendeiner Tür — Toms? — um Hilfe zu bitten?

Aber noch bevor sie den Gedanken zu Ende gedacht hatte, wußte sie, daß es fast ein Ding der Unmöglichkeit war, denn zum Fahrradfahren war der Hügel einfach zu steil, und zu Fuß büßte sie ja sofort den einzigen Vorteil ein, den sie im Augenblick diesem Ungeheuer gegenüber besaß. Mit viel Glück könnte sie vielleicht die Einfahrt erreichen, möglicherweise auch das Telefon, aber spätestens dann würde er sie eingeholt haben. Nein, das war hoffnungslos.

Plötzlich bemerkte sie einen Lichtschein in ihrem Haus oben auf dem Hügel. Hatte sie es brennen lassen? Oder McGregor?

Sie konnte sich überhaupt nicht mehr daran erinnern, aber sie hatte auch keine Zeit, länger darüber nachzudenken. Sie fuhr schon eine Weile an einer mit festem Maschendraht eingezäunten Wiese entlang und suchte nach einem Durchlaß. Dieser Zaun sah weit stabiler aus, als ihr eigener, der Draht war dick und glänzte noch, so neu war er. McGregor war noch immer hinter ihr her, aber sie hatte sich ein wenig von ihm absetzen können. Wie komisch müssen wir doch für einen zufälligen Beobachter wirken, dachte Jane flüchtig. Ein kleiner Punkt rannte inmitten dieser Wildnis vor einem anderen kleinen Punkt davon! Aber wahrscheinlich saßen zu dieser Stunde alle Leute vor dem Kamin oder dem Fernsehgerät. Außerdem lag nur ihr eigenes Haus so hoch, daß man das gesamte Tal übersehen konnte. Aber selbst wenn jemand hersehen würde, hielte er diese rennenden Pünktchen ohne Zweifel für spielende Kinder. Vorausgesetzt natürlich, er konnte sie bei diesem schwachen Tageslicht überhaupt noch erkennen.

Es war jetzt schon fast dunkel. Den Durchlaß im Zaun sah Jane erst, als sie schon fast daran vorbeigefahren war. Entschlossen lenkte sie das Rad nach links und bog auf die Wiese ein.

Fast wäre sie in dem matschigen Durchlaß ausgerutscht, aber sie konnte gerade noch rechtzeitig mit einem Fuß das Gleichgewicht halten. Die Folge davon war, daß der matschverschmierte Schuh jetzt ständig vom Pedal rutschte, außerdem saß sie recht unsicher auf dem unmöglich schiefgestellten Plastiksattel, ihr Kleid war so naß, als hätte sie damit unter der Dusche gestanden, und ihre Hände fanden keinen rechten Halt an den rutschigen Handgriffen. Aber nein, dachte Jane, das war doch wirklich recht undankbar, denn ohne dieses Fahrrad wäre sie möglicherweise bereits tot.

Ja, aber welchen Sinn hatte es denn, wenn sie sich einige Minuten länger wehrte und abstrampelte und letzten Endes doch nicht gewinnen konnte? Doch, ich glaube schon, daß es Sinn hat, dachte sie, denn je mehr ich mich wehre, um so mürber wird McGregor. Ein Trost bleibt mir in jedem Fall: Sein Plan, ein großes Eifersuchtsdrama schriftlich zu fixieren, dürfte damit wohl gescheitert sein. Und damit auch sein Anspruch auf das Sorgerecht für meine beiden Kinder.

Jane war verblüfft, was man so alles erleben und denken konnte, ohne die Fähigkeit zu verlieren, seine Kräfte möglichst geschickt und wirkungsvoll zur Rettung des eigenen Lebens einzusetzen. Trotzdem fühlte sie, wie sie ermüdete. Ihr Hals schmerzte, die Lungen taten ihr weh, und ihr Nacken fühlte sich schon ganz steif an. Mittlerweile lief der Regen in kleinen Bächen zwischen ihren Schulterblättern hinunter und ließ sie vor Kälte zittern. Ein kleiner Trost, daß McGregor genauso naß wurde und noch dazu zu Fuß laufen mußte. Ob er aufgeben und heimgehen würde? Jane hoffte, daß er es nicht tun würde; sie hatte schreckliche Angst um ihre Kinder.

War denn diese Wiese nie zu Ende? Sie konnte doch nicht in alle Ewigkeit so weiterfahren. Im selben Augenblick, als Jane das dachte, war sie auch schon am Rand angekommen, und jetzt sah sie auch, weshalb sie keinen Zaun und keine Hecke bemerkt hatte. Ein etwa sechs bis sieben Meter breiter Graben begrenzte die Wiese, und als Jane von der abbröckelnden Kante, auf der sie stand, hinuntersah, blickte sie in reißendes, schmutzigbraunes Wasser, das recht tief aussah.

Natürlich, irgendwo mußte das Wasser für das Stauwehr ja herkommen, dies mußte also eines der Flüßchen dieser Gegend sein, der Cammet, der Affey oder der Garple. Vor einigen Tagen erst hatte sie in der Regionalzeitung gelesen, daß bei länger anhaltendem Regen mit Überschwemmungen gerechnet werden müßte. Normalerweise würde das Stauwehr den Wasserstand kontrollieren, aber offensichtlich war es etwas reparaturbedürftig.

Rasch blickte Jane zurück und sah, daß McGregor nur ungefähr zwanzig Meter hinter ihr war. Sofort wandte sie sich nach links und radelte an dem gurgelnden Fluß entlang, wobei sie schrecklich aufpassen mußte, nicht zu nah an den Rand zu geraten, weil das Ufer durch den dauernden Regen ganz glitschig geworden war und immer wieder kleinere Brocken vom Rand abbrachen und hinunterstürzten.

Gab es denn nirgends eine Brücke? Doch, jedenfalls sah dieses dunkle Etwas, das sich in etwa vierzig Meter Entfernung über dem Wasser erhob, einer Brücke recht ähnlich. Und es war auch eine. Als Jane die Brücke, oder besser gesagt den Steg, erreicht hatte, mußte sie absteigen, denn irgendein vorsichtiger Bauer hatte einen großen Stapel Zaunpfähle davor aufgetürmt, sicher damit ihm seine Kühe nicht weglaufen konnten.

Jane hatte bereits die meisten Pfosten beiseite geräumt, als McGregor hinter ihr aus dem dämmrigen Dunkel auftauchte. Rasch sprang sie auf die nur zwei Bohlen breite Brücke, hielt sich an dem einzigen dünnen Geländerchen, das es gab, krampfhaft fest und zog das Fahrrad hinter sich her. Der Steg schwankte erbärmlich, und McGregor hielt einen Augenblick lang voller Mißtrauen inne, aber dann hob er die Axt und schmetterte sie gegen das Fahrrad, wo sie zwischen den Speichen steckenblieb.

Einen Moment lang hingen Jane und das Fahrrad bedenklich über dem Abgrund, aber dann faßte sich Jane ein Herz, ließ die Lenkstange los und warf sich mit einem kühnen Satz auf das gegenüberliegende Ufer. Diese geringe Erschütterung genügte; das Fahrrad fiel von dem Steg und versank sofort im reißenden Wasser. Jetzt ist alles aus, dachte Jane.

Aber als sie dann McGregors lautes Fluchen hörte, wußte sie, daß er die Axt nicht mehr rechtzeitig hatte herausziehen können. Sie steckte also immer noch in den Speichen und lag jetzt außerhalb von McGregors Reichweite im Fluß. Gleichzeitig hörte Jane seine pfeifenden Atemzüge, die seinen Brustkorb mit solcher Wucht hoben und senkten, daß es unmöglich schien, daß seine

Rippen diesem dauernden Druck länger widerstehen könnten. Bisher war er ja fast eine Meile in vollem Tempo gelaufen.

Was tat er? Er bückte sich, und als er sich wieder aufrichtete, sah Jane, daß er einen Zaunpfahl in der Hand hielt und drohend zu ihr herübersah.

»Werden Sie sich jetzt auch ins Stauwehr stürzen? Wie Ihre Freundin?« schrie er über das Wasser.

»Das habe ich bisher nur von Ihnen gehört«, rief Jane zurück, wobei sie versuchte, ihrer Stimme einen festen Klang zu geben. Aber gleichzeitig ahnte sie, daß McGregor die Wahrheit gesagt hatte, denn wo konnte Ellie sonst sein?

»Kennen Sie das?« fragte er und hob triumphierend ein schmales Haarband in die Höhe, das er irgendwo unterwegs gefunden hatte. Jane sah sofort, daß es eines von den Bändern war, mit denen sich Caroline und Ellie geschmückt hatten.

»Sie ging bis zu dieser Brücke, traute sich aber nicht hinüber und ging hier entlang«, sagte McGregor und nickte mit dem Kopf nach links, von wo das gewaltige Tosen des Stauwehrs zu hören war. »Dort sprang sie ins Wasser. Ich habe alles vom Wohnzimmerfenster aus beobachtet.«

Wenn ich noch länger hier stehenbleiben und ihm Gelegenheit zum Ausruhen geben würde, wäre ich ja schön dumm, dachte Jane und rannte, so schnell sie konnte davon. Also waren diese ewigen Hetzjagden zwischen Bus und Zug doch letztlich zu etwas nütze. Jetzt bin ich wenigstens in Form. Aber Jane blieb keine Zeit zum Jubeln, denn sie hörte ihn bereits auf der Brücke, und die Erinnerung an seine haßerfüllten Augen verlieh ihr ungeahnte Kräfte.

Auf dieser Seite des Flusses war das Gras wesentlich höher. Offensichtlich wurde diese Wiese nie abgemäht, und auch das Vieh durfte hier nicht grasen. Plötzlich stolperte sie über einen Maulwurfhügel, verlor einen Schuh und fing ihn gleich wieder auf, aber sie wagte nicht, zum Anziehen stehenzubleiben. Die Angst vor diesem riesigen Zaunpfahl war doch zu groß. Beim Wegräumen hatte sie bemerkt, daß das Holz sehr hart und schwer von der aufgesaugten Feuchtigkeit war. Wenn McGregor das Ding auf ihren Schädel schmettern würde, brauchte sie sich um ihre Zukunft keine Sorgen mehr zu machen.

Einen Augenblick später erreichte sie die andere Seite der Wiese, und im selben Moment wußte sie auch, warum hier niemals Tiere weideten. Es war eine Insel.

Wieder stand sie vor einem gurgelnden Flußarm, nur war er diesmal beträchtlich breiter und reißender. Er floß in einem sanften Bogen um dieses Inselchen und traf sich weiter flußabwärts wieder mit dem tieferen, geraderen Flußteil, den sie soeben überquert hatte. Das wie ein V geformte Stauwehr lag genau an der Stelle, an der sich die beiden Flußarme trafen, und riegelte sie ab. Dieses Inselchen war nicht größer als ein Fußballplatz.

Ob es wohl möglich war, diesen Flußarm zu durchwaten oder einfach hinüberzuschwimmen? Irgendwie sah das Wasser nicht ganz so tief und gefährlich aus.

Jane rutschte vorsichtig über den Rand und steckte einen Fuß ins Wasser. Es war nicht sehr tief, aber sie versank fast augenblicklich bis zu den Knien in weißem Schlamm. Von Panik ergriffen warf sie sich zurück aufs Gras und dachte mit Schrecken daran, was wohl geschehen wäre, wenn sie in diesem Matsch steckengeblieben und nicht losgekommen wäre. Wie eine Fliege auf einem Fliegenfänger, nur einen Meter vom Ufer entfernt! Und dann dieser McGregor mit seinem Zaunpfahl ...

Wo war er eigentlich? Beunruhigt drehte Jane sich um und sah, daß er offensichtlich ebenfalls bemerkt hatte, wo sie sich befanden, und zur Brücke zurückgegangen war. Dort stand er nun und wartete voller Genugtuung auf seine sichere Beute. Mit verschränkten Armen lehnte er an dem Geländer und war sich seiner Sache offensichtlich sehr sicher. Irgendwann mußte Jane an ihm vorbei, und bis dahin konnte er in Ruhe beobachten, wie sich seine Beute in ihrem neuen Gefängnis umsah.

Hinter ihm lagen die Weiden und der Hügel mit den Häusern, in denen jetzt überall Tee getrunken wurde. Keiner dieser Menschen würde auf die Idee kommen, daß sich in dieser doch so zivilisierten Welt direkt vor ihrem Fenster ein kleines Drama abspielte.

Während Jane sich noch über diese merkwürdige Welt wunderte, war ihr aufgefallen, daß das Licht in ihrem Haus inzwischen wieder ausgegangen war. Was hatte das zu bedeuten? War Mrs. McGregor zurückgekommen, um ihr Fahrrad zu holen? Und wenn es nicht Mrs. McGregor war?

Entschlossen verdrängte Jane alle Gedanken und wandte sich nach links, um erst einmal das Stauwehr gründlich zu inspizieren. Etwa zwei Meter vor dem eigentlichen Wehr ragten eine Reihe Pfähle aus dem Wasser, immer im Abstand von etwa zwei bis drei Metern. Offensichtlich war hier einmal ein Netz gespannt gewesen. Jane war eine sehr gute Schwimmerin, aber beim Anblick dieser Strömung so kurz vor dem Wehr hatte sie doch Zweifel, ob sie sich von einem Pfosten zum nächsten hinüberarbeiten konnte. Wahrscheinlich würde sie wie eine leere Flasche über das Wehr gezogen und hilflos zerschmettert.

Enttäuscht machte sie kehrt und ging in die entgegengesetzte Richtung stromaufwärts. Schlimmstenfalls konnte sie immer noch Katz und Maus mit McGregor spielen, denn sie war ziemlich sicher, daß er wieder hinter ihr herlaufen würde, wenn sie allzu lange unbeweglich stehenblieb. Bald würde es völlig dunkel sein. Die Aussicht, dann so nahe bei diesem Ungeheuer zu sein, ohne genau sagen zu können, wo er war, versetzte Jane in Panik, und sie beschloß, koste es, was es wolle, von dieser Insel zu fliehen.

Wo war die beste Stelle, um schwimmend ans andere Ufer zu gelangen? Stromaufwärts natürlich, denn dort war die Strömung längst nicht so stark. Außerdem war dieser Punkt am weitesten von McGregor entfernt, so daß er nicht ohne weiteres erkennen würde, was sie dort tat.

Am oberen Ende der Insel fand sie ein Boot.

Offensichtlich hatte es hier vor langer Zeit einmal eine Fähre gegeben. Jane konnte ihr Glück überhaupt nicht fassen. Sie schloß die Augen, aber als sie sie wieder öffnete, war das Boot immer noch da. Es war zwar recht alt, halb voll Wasser und sicher auch in nicht gerade sehr verkehrstüchtigem Zustand, aber es war einwandfrei ein Boot, was da vor ihr auf dem Ufer lag.

Direkt am Ufer stand ein uralter Pfosten, von dem aus ein Draht quer über den Fluß gespannt war. Die Leute, die diese Fähre benutzt hatten, hatten sich selbst an diesem Draht über den Fluß gezogen, aber nach dem Zustand des Bootes zu urteilen, war es bereits viele Jahre her, seit hier der letzte Fahrgast übergesetzt hatte.

Rasch blickte Jane sich um und war sehr erleichtert, als sie sah, daß McGregor immer noch in der gleichen Haltung neben dem Steg stand und geduldig auf sie wartete. Sicher konnte er nicht genau erkennen, was sie hier tat.

Beruhigt krabbelte sie über den kleinen Abhang und versuchte, das Boot ins Wasser zu schieben, aber es bewegte sich nicht. Wütend stemmte sie sich mit aller Kraft dagegen. Es mußte ihr einfach gelingen! Wahrscheinlich hatte die Wut ihr ungeheure Kräfte verliehen, jedenfalls bewegte sich das Boot, erst einen Zentimeter, dann fünf, dann glitt es knirschend über das Ufer und schließlich lag es auf dem Wasser.

Ohne lange zu überlegen oder auch nur zu beobachten, ob es auch wirklich über Wasser blieb, sprang Jane hinein und landete in fast knietiefem Wasser. Als sie den Draht nicht erreichen konnte, suchte sie verzweifelt nach irgendeinem Ruder oder wenigstens einem Stück Holz, aber das Boot war leer, nur das Wasser strömte mit beachtlicher Geschwindigkeit herein. Wenn sie es wenigstens bis zur Mitte schaffen konnte, war sie in Sicherheit. Das restliche Stück würde sie dann eben schwimmen...

Jane paddelte mit den Händen und beobachtete mit Genugtuung, daß sie sich immer weiter vom Ufer entfernte. Doch plötzlich wurde das Boot von der Strömung erfaßt und trieb immer rascher den breiten Flußarm hinunter. Verzweifelt schöpfte Jane mit ihrem Schuh — wo hatte sie nur den anderen verloren? — das Wasser aus dem Boot, während immer mehr von unten hereinströmte. Aber schließlich war das Boot ja aus Holz, das bekanntlich auf Wasser schwamm, oder nicht?

In diesem Moment hörte sie einen Schrei und sah McGregor schimpfend und schreiend auf der Uferböschung hin und her laufen. Jane wunderte sich, daß er sich so aufregte, denn schließlich war sie ja noch lange nicht in Sicherheit. Die Strömung zog sie immer rascher vorwärts, und das Wasser strömte unaufhaltsam ins Boot. Es sank immer mehr, nur das vordere, flache Stück ragte noch aus dem Wasser und genau an dieser Stelle kauerte Jane und kämpfte verzweifelt gegen die Flut. In etwa zwei bis drei Minuten würde sie die Pfostenlinie erreichen. Ob es ihr wohl gelingen würde, einen zu erwischen und sich daran zu klammern? Oder würde das Boot genau zwischen zwei Pfählen hindurch und über das Wehr getrieben?

Gerade noch rechtzeitig kam Jane die vielleicht rettende Idee. Wenn sie das Boot mit der Breitseite an die Pfosten bringen könnte, würde es vielleicht hängenbleiben, denn es war sicher länger als der Abstand zwischen zwei Pfählen. Wenn es aber um den Pfahl herumgedrückt und über das Wehr gespült würde ...

Diese düsteren Gedanken wurden von einem gewaltigen Platschen unterbrochen. Jane drehte sich um und sah, daß McGregor offensichtlich Munition gefunden hatte. Direkt am Ufer lagen große Steine, mit denen sicher das Ufer befestigt werden sollte.

»Das haben Sie prima hingekriegt!« schrie er hämisch über das Wasser. »Ich finde es nur schade, daß Graham nicht hier ist und zusehen kann, wie sich sein blödsinniges Weib selbst in das Stauwehr paddelt!«

Jane ignorierte seine Worte und paddelte verbissen mit ihrem Schuh auf einer Seite, um das Boot dadurch seitwärts zu drehen.

»Es tut mir wirklich leid, daß ich Sie nicht erdrosselt habe, als ich noch Zeit dazu hatte«, schrie McGregor.

Also doch ein Punkt für mich, dachte Jane. Ihm war sie entkommen, aber was kam nun?

McGregor hörte nicht auf, sie zu beschimpfen und ihr zuzuschreien, was er alles getan hätte, wenn er sie erwischt hätte, bis plötzlich zwei Männer wie Gespenster aus dem leichten Dunst auftauchten und seine Arme festhielten. Entsetzt blickte er sich um, denn bei dem Lärm des Stauwehrs hatte er sie nicht kommen hören.

Einige Männer stürzten die Böschung hinunter, und einer von ihnen rief: »Machen Sie weiter, Miß. Ich komme und helfe Ihnen.«

Rasch legten ihm die anderen ein Tau um und verknoteten es. Sie trugen dunkle Uniformen, Polizeiuniformen. Oben auf der Böschung kämpfte McGregor verzweifelt gegen den starken Griff, aber Jane hatte keinen Blick dafür. Weiter hinten, auf der anderen Seite des ersten Kanals, konnte sie im Scheinwerferlicht die viereckige Silhouette eines Landrovers erkennen. Dann sah sie eine Taschenlampe näher kommen, und schließlich hörte sie die vertraute Stimme: »Janey! Janey! Bist du in Sicherheit?«

Inzwischen hatte sich der Mann mit dem Tau um den Bauch im Wasser bis zu ihr durchgearbeitet. Jane lehnte sich über den Rand und ergriff überglücklich seine Hand. So etwas Schönes hatte sie lange nicht mehr berührt!

»Ja«, rief sie Tom zu. »Es geht mir wunderbar. Ich bin nur ein wenig naß!«

Aber als sie endlich in Sicherheit war und von vielen Armen die Böschung hinaufgetragen worden war, begannen ihre Zähne plötzlich wie wild zu klappern, und sie konnte überhaupt nichts mehr sagen.

Inzwischen hatte man McGregor Handschellen angelegt, außerdem wurde er von zwei Polizisten bewacht. Seine Haare hingen ihm wirr ins Gesicht, und seine Brust hob und senkte sich heftig nach dieser letzten Anstrengung. Wütend starrte er Jane an, aber er sagte nichts mehr.

Im Landrover fuhren sie alle zusammen bis zur Straße. Es war eine sehr holprige Fahrt. Erschöpft lehnte sich Jane an eine Schulter, während sie von einem Arm eng umschlungen gehalten wurde. Sie hatte keine Ahnung, wo sie sich befand, und war froh, als sie plötzlich neben sich Toms vertraute Stimme hörte.

»Dem Schrebergärtner sind wir wohl eine Entschädigung schuldig«, sagte er neben ihr.

»Da zerbrechen Sie sich mal nicht den Kopf darüber«, antwortete eine jüngere Stimme fröhlich. »Mein Salat war sowieso durch den ewigen Regen kaputtgegangen. Ich bin froh, daß ich ihn jetzt nicht mehr beseitigen muß!«

An der Hauptstraße hielt der Wagen, und Jane und Tom mußten in einen Polizeiwagen umsteigen, der dort auf sie gewartet hatte. Der Landrover fuhr weiter. Mit Mr. McGregor?

Plötzlich fand Jane ihre Stimme wieder. »Die Kinder...«, sagte sie heiser. »Donald und Caroline sind bei dieser schrecklichen Frau. In ihrem Haus. Wer weiß, was...«

»Nein, sie hat die Kinder nicht, Janey. Sie sind bei mir zu Hause. Möchtest du sie sehen? Das geht doch in Ordnung, Sergeant, oder?«

»Wir wollten sie eigentlich zur Untersuchung ins Krankenhaus bringen...«

»Ja, natürlich, aber das kann warten, bis sie die Kinder gesehen hat. Außerdem kann ich ja auch Dr. Crowley bitten, sie sich einmal anzusehen. Gehen Sie jetzt zu ihr nach Hause? Würden Sie bitte so nett sein und einige Sachen für sie mitbringen, damit sie sich umziehen kann?«

»Wird gemacht, Mr. Roland.«

Jane konnte sich an die letzte Stunde nur noch recht bruchstückhaft erinnern. Sie mußte stundenlang in dem Auto gesessen haben, während draußen eine Menge Leute diskutierten, dann erinnerte sie sich nur noch an die Häuser von Culveden, die ihr schrecklich fremd vorgekommen waren. Die ganze Zeit über hatte die Funksprechanlage im Auto geknistert, und sie hatte kein einziges Wort verstehen können. Dann endlich hatte das Auto vor Toms Haus gehalten, und Tom hatte sie hineingeführt.

»Ich brauche unbedingt ein Kopftuch«, sagte sie plötzlich. »Sonst erschrickt Caroline...«

»Augenblick.«

Tom rannte, immer drei Stufen auf einmal nehmend, nach oben und war in wenigen Sekunden wieder bei ihr. »Wird das gehen?« fragte er und reichte ihr ein blaues Seidentuch.

Jane faltete das Tuch, legte es über ihre Haare und band es im Nacken zusammen.

»Wunderbar, Jane, so geht es. Jetzt komm und überzeuge dich, daß es deinen Lieblingen gut geht.«

Und damit öffnete er eine Tür, und Jane stand plötzlich in einem großen Zimmer mit Bücherwänden auf zwei Seiten, dicken spanischen Teppichen auf dem Fußboden, einem Flügel und einem gewaltigen Kamin, neben dem Peter Anstey, Miß Ames und Caroline um einen niedrigen Tisch saßen. Donalds Wagen stand in der Ecke.

Als Jane eintrat, sah Peter auf, seine Augen weiteten sich erstaunt, und er wollte gerade etwas sagen, als Tom warnend die Hand hob.

Ohne ein Wort zu sagen, rannte Jane zu Caroline, kniete neben ihr nieder und umschlang sie ganz fest.

»Wir feiern gerade so schön, Mami«, erklärte Caroline wichtig. »Zuerst hat uns Ellie zu Miß Ames zum Tee gebracht, aber das ist schon so lange her. Dann sind wir zum Spielen hierher gekommen. Wo ist denn Ellie? Sie wollte gleich wieder zu Miß Ames zurückkommen, aber sie ist einfach nicht mehr gekommen!«

»Ihr ... ihr ging es nicht besonders gut, Schätzchen. Deshalb ist sie nicht wiedergekommen.«

Jane drehte sich zu Tom um, und ihre Lippen formten das Wort: »Stauwehr.«

Urplötzlich verschwand das Lächeln von Toms Gesicht. Rasch verließ er das Zimmer, und Jane hörte, wie er in der Diele telefonierte.

»Warum sind deine Füße so schmutzig, Mami?« fragte Caroline verwundert. »Du bist ja ganz naß!«

»Ich war spazieren, mein Schatz, und bin in einen fürchterlichen Regen geraten. Ich bin schön dumm, nicht wahr? Ich ziehe mich gleich um, aber vorher wollte ich dich sehen und fragen, ob du einen schönen Nachmittag gehabt hast.«

»Ja, sehr schön, aber jetzt will ich weiterspielen«, erklärte die Kleine. »Peter, du bist dran. Spielst du nachher auch mit, Mami?«

»Ja, später vielleicht.«

»Hier sind deine Kleider«, sagte Tom im Flur zu ihr. »Der Sergeant hat sie gerade gebracht. Ich habe die Heizung im Badezimmer angestellt. Mach dir ein heißes Bad und laß dir Zeit. Wenn du nachher herunterkommst, bekommst du eine warme Suppe.«

Im warmen Wasser spürte Jane deutlich, wie erschöpft sie war, aber sie fand noch immer keine Ruhe. So viele Fragen waren noch offen. Rasch schlüpfte sie in die trockenen Kleider, bürstete ihre Haare und lief hinunter zu Tom in die Küche. Herrlich ruhig und warm war es hier. Tom stellte ihr einen Stuhl am großen, roten Tisch zurecht und goß die Suppe in einen Teller.

»Fang schon an zu essen«, sagte er. »Du mußt dich nämlich ein wenig beeilen, weil die Polizei noch einige Fragen an dich stellen muß, aber ich habe gesagt, daß du erst noch etwas in den Magen bekommen mußt.« Er lächelte sie an. »Sie folgen mir, als hätte ich wirklich etwas zu sagen!«

Jane löffelte gehorsam die heiße Suppe. Das tat gut. Aber nach einigen Minuten konnte sie sich nicht mehr beherrschen: »Woher wußte die Polizei eigentlich, daß etwas passiert war? Und vor allem, wo sie suchen mußten?«

»Eigentlich fing alles mit deiner Freundin Ellie an. Als sie nach einer Weile nicht mehr zu den Kindern zurückgekommen war, wurde Miß Ames unruhig. Sie sagt, daß Ellie einen etwas verstörten Eindruck gemacht hätte. Als dann auch noch Mrs. McGregor auftauchte und die Kinder mitnehmen wollte, war Miß Ames völlig verwirrt, denn sie konnte nicht verstehen, weshalb die Kinder nicht mit dir zu ihr gekommen waren wie gewöhnlich. Als Mrs. McGregor schließlich immer heftiger wurde und die Kinder verlangte, die Miß Ames aber nicht hergeben wollte, kam ich zufällig ins Café, um Zigaretten zu kaufen. Auch ich wunderte mich, daß die Kinder allein dort waren, und schlug Miß Ames, die nicht weg konnte, vor, die Kinder mit zu mir nach Hause zu nehmen, wo Peter auf sie aufpassen würde. Miß Ames war einverstanden und versprach, nachzukommen, sobald sie ihre übrigen Gäste versorgt haben würde.

Nachdem ich die Kinder zu Peter gebracht hatte, ging ich in dein Haus, um nachzusehen, was dort eigentlich vor sich ging. Als erstes sah ich die zertrümmerte Fensterscheibe und dann fand ich deine Haare auf dem Teppich.«

Nach einer kleinen Pause fuhr er fort: »Das war ein schrecklicher Moment.«

Er sah Jane an, dann hob er seine Hand ein wenig in die Höhe, als wollte er ihr zärtlich über die kurzen, strubbeligen Haare streicheln. Sie lächelte ihn an.

»Wirklich, ich kann von Glück sagen. Es hätte auch genausogut ganz anders ausgehen können. Erst letzte Nacht habe ich herausgefunden, daß McGregor Grahams Bruder war. Seit Jahren hat er einen solch blindwütigen Haß gegen seinen Bruder in sich aufgestaut...«

»So ist das also«, war alles, was Tom dazu sagte. »Iß deine Suppe auf.« Nach einer kleinen Pause sagte er: »Und dann habe ich Graham im Garten gefunden.«

Jane nickte und sagte: »Du hast also die Polizei angerufen?«

»Ja, von deinem Haus aus. Und wir hatten enormes Glück, denn zufällig hatte die Polizei an diesem Nachmittag eine größere Versammlung im Men's Club abgehalten, so daß jede Menge Polizisten zur Verfügung standen. Gerade als ich ihnen die näheren Einzelheiten schilderte, sah ich dich unten in den Wiesen auf einem Fahrrad vor einem Verfolger davonfahren.«

»Du mußt gute Augen haben.«

»Ich teilte Sergeant Laker meine Befürchtungen sofort mit, und er versprach, sofort mit einigen Polizisten zum Fluß zu fahren und nachzusehen. Das schien ihm weit wichtiger zu sein, als euer Haus auf den Kopf zu stellen. Während Sergeant Laker mit seinen Männern unterwegs war, lief ich hinter dir her und kam ungefähr zur gleichen Zeit wie die Polizei zum Fluß.«

»Da mußt du dich aber gewaltig beeilt haben!«

»Und wie!«

Miß Ames kam in die Küche. »Ich muß jetzt unbedingt nach Hause. Ich habe einen Teig vorbereitet, den ich noch heute verarbeiten muß.«

»Miß Ames«, sagte Jane, »ich möchte Ihnen von Herzen danken, daß sie meine Kinder nicht dieser... dieser Person übergeben haben.«

»Was? Der hätte ich die Kinder nie im Leben überlassen!« sagte Miß Ames ganz aufgeregt. »Die hat einmal versucht, ein Pfund pro Woche von mir zu erpressen, weil ich angeblich ein Buch gestohlen haben sollte!«

»Ach, du lieber Schreck!« sagte Jane. »Als ob Sie so etwas tun würden!«

»Oh, das haben Sie nett gesagt, aber leider ist es nicht wahr. Ich habe tatsächlich ein Buch aus Mr. Corbetts Geschäft geholt, aber er kennt mich und hat nichts dagegen, denn wenn ich die Dinger ausgelesen habe, bringe ich sie ihm immer wieder zurück.

Wenn mir eines besonders gefällt, bekommt er ein paar Eier oder Kuchen als Ersatz von mir. Im Vertrauen gesagt, ich glaube, Mrs. McGregors Oberstübchen ist nicht ganz in Ordnung. Sie guckt immer so komisch. Ich bin richtig froh, daß Sie sie nicht behalten werden.

Sagen Sie, Kindchen, wollen Sie nicht nachher, nach dem Verhör, mit Sack und Pack zu mir ziehen und ein Weilchen dort bleiben? Alte Frauen wirken manchmal ungeheuer beruhigend. Und Umstände machen Sie mir gar keine. *Wirklich* nicht.«

»Ja, schrecklich gern«, sagte Jane. »Und vielen, vielen Dank!«

Tom brachte Jane in sein Arbeitszimmer, wickelte sie in eine Decke und bettete sie auf ein Sofa. Jane lag ganz ruhig und war zufrieden, daß sie für einige Augenblicke an nichts mehr denken mußte. Dann sagte Tom: »Janey, die Polizei ist wieder da. Kannst du jetzt mit ihnen reden?«

»Ja, natürlich. Haben sie... haben sie sie gefunden?«

»Ja«, antwortete Tom ernst. »Sie ist ertrunken.«

»Sag, Tom«, begann Jane zögernd, »hast du es gewußt? Von Graham und Ellie?«

»Was kann das jetzt noch ändern? Ja, ich habe es gewußt. Ich habe sie vor einiger Zeit in einem Hotel in Hastings getroffen, und Graham schien über dieses zufällige Zusammentreffen nicht gerade erbaut gewesen zu sein. Er hat mir Ellie als seine Schwägerin vorgestellt.«

»Armer Graham! Armer, dummer Graham! Und ich habe keine Ahnung gehabt und ihm nicht helfen können!«

»Du darfst jetzt nicht mehr daran denken!«

»Ja, ich weiß«, sagte sie und wischte sich entschlossen die Tränen aus den Augen.

»Dieser Abschiedsbrief meiner Freundin...«, sagte Jane später zu dem Sergeant, »... wie sind Sie eigentlich in das Zimmer hineingekommen?«

»Wir haben leider die Tür aufbrechen müssen.«

»Natürlich, McGregor hatte den Schlüssel ja in seiner Tasche. Also, dieser Brief. Sie müssen wissen, daß Ellie und ich früher gemeinsam zur Schule gegangen sind. Damals hatten wir ein Geheimversteck unter dem Dielenboden unseres Klassenzimmers. Dort versteckten wir immer unsere Bonbons oder ähnliche Sachen, und das Wort ›Kerker‹ war unser Geheimname für das Versteck. Vor einigen Tagen mußten Handwerker unseren Gästezimmerboden noch einmal aufstemmen, um eine Leitung auszutauschen. Dabei entstand ein Hohlraum, den ich Ellie sofort nach ihrer Ankunft zeigte. Sie sollte sich so wohl wie möglich bei uns fühlen. Ich nehme an, daß sie etwas in diesem Hohlraum versteckt hat.«

»Ich werde sofort nachsehen lassen, Mrs. Drummond.«

Unter dem losen Brett lag ein Brief von Ellie:
»*Jane, es hat wohl keinen Sinn, wenn ich sage, daß es mir leid tut. Du warst immer meine beste Freundin, und ausgerechnet dich habe ich so enttäuscht. Aber Graham taugt nichts, ohne ihn wirst du glücklicher sein. Ich sah von meinem Fenster aus, wie Mrs. McGregor ihn erstochen hat. Sie ist verrückt. Meiner Meinung nach jedenfalls. Ich kann die Kinder nicht hierlassen. Graham hat gesagt, ich soll verschwinden. Die Kinder sind bei Miß Ames. Ich habe nie etwas getaugt. Graham hat gesagt, ich soll ins Wasser gehen, und das war sicher der einzig vernünftige Satz, den ich je von ihm gehört habe. Ich bringe allen nur Unglück. Ich muß weg, bevor ich dir noch mehr Unglück bringe ... ich kann es nicht mehr aushalten ... Ich habe einige Tabletten genommen, damit es mir leichter fällt. Es tut mir leid, sehr leid, Jane ...«*

Als die Polizei zum Haus der McGregors kam, war alles leer. Offensichtlich hatte Mrs. McGregor in größter Eile ihre Sachen gepackt und war mit Susan verschwunden. Aber noch bevor eine Fahndung eingeleitet werden konnte, wurde sie wegen Beamtenbeleidigung verhaftet, als sie im Bahnhof Paddington einen Beamten beschimpft und tätlich angegriffen hatte, der sie ohne Fahrkarten nicht in den Zug nach Cardiff hatte steigen lassen. Ihr Benehmen war so außerordentlich seltsam gewesen, daß man eine psychiatrische Untersuchung angeordnet hatte. In diesem Augenblick war dann die Nachricht aus Culveden eingetroffen.

Man hatte sogar noch Spuren von Gartenerde und Grahams

Blut an ihren Händen entdeckt. Wahrscheinlich hatte sie nicht einmal mehr Zeit gehabt, sie zu waschen.

»Ich nehme an, daß sie in dem Augenblick, als Miß Ames ihr die Kinder nicht übergab, wußte, daß das Spiel aus war«, sagte Tom. »Außerdem dürfte sie die ungewohnt große Anzahl von Polizisten nervös gemacht haben. Sie beschloß zu verschwinden, ohne sich um McGregor zu kümmern.«

»Also war ihr Anruf nur ein Trick, und ich habe Susans Stimme gehört«, sagte Jane und schüttelte sich, als sie daran dachte. »Wenn ich nur ein bißchen überlegt hätte, hätte ich ja darauf kommen müssen, daß sie gar kein Telefon besitzen. Wahrscheinlich hat sie von der Zelle neben dem Postamt telefoniert.«

»Alles war nur auf Bluff aufgebaut. Haß ist zwar ein mächtiger Antrieb, aber nur selten auch ein guter Ratgeber. Auch dein Geständnis hätte ihnen vor keinem Gericht der Welt etwas genützt.«

»Das war mir klar«, sagte Jane. »Gerade deshalb hatte ich ja solche Angst, denn ich ahnte, daß er mich umbringen wollte und es nach Selbstmord aussehen sollte.«

»Das hast du geahnt?«

»Ja, ich konnte es in seinen Augen lesen«, sagte sie. »Er wäre erst zufrieden gewesen, wenn er mich endlich beseitigt hätte, ich war für ihn nur eine Fortsetzung von Graham in anderer Form.«

»Graham hat aber immerhin Erfolge gehabt, während sein Bruder völlig versagte.«

»Ich glaube, Graham hat sich etwas vorgemacht«, meinte Jane nachdenklich. »Ich war so schockiert, als ich erfuhr, daß sein ganzes Leben nur Fassade war, nichts als Schulden und schöner Schein ... Ich werde mir jetzt wohl eine Ganztagsarbeit suchen müssen.«

»Ich kann dir eine anbieten.«

»Als Zugehfrau?« fragte Jane lächelnd.

»Nein, nicht ganz. Ein bißchen ernster, aber das besprechen wir später, einverstanden?«

Sie nickte. Sie hatte ihn verstanden und sah ihn glücklich an. Dann wurde sie wieder nachdenklich.

»Was wird mit ihr geschehen, Tom?«

»Wahrscheinlich wird sie für unzurechnungsfähig erklärt werden, jedenfalls nehme ich das an. Die Polizei hat gesagt, daß Mrs. McGregor bisher überhaupt noch kein einziges Wort gesagt hat, sondern nur an ihren Nägeln kaut.«

»Und McGregor?«

»Er wird wegen Erpressung und Mordversuch vor Gericht kommen. Bei seiner Vergangenheit wird es nicht allzu gut für ihn ausgehen.«

»Das macht nichts, aber die kleine Susan tut mir ehrlich leid. Ich werde mich um sie kümmern müssen.«

»Wir werden sie schon gut unterbringen. Vielleicht kann sie bei der walisischen Familie von Myfanwy leben. Auf jeden Fall sollst du dir jetzt nicht den Kopf darüber zerbrechen, Liebling.«

Tom und Jane saßen in Miß Ames' Wohnzimmer, während Miß Ames zusammen mit Caroline in der Küche Plätzchen zauberte. Bisher war Jane noch nicht wieder in ihr Haus zurückgekehrt, und Miß Ames hatte sie verständnisvoll aufgenommen. Später konnte Jane ihr ja als Gegenleistung gelegentlich im Café ein wenig helfen, sagte sie. Hauptsache war, daß sie erst einmal wieder zu sich selbst fand.

Caroline stürzte mit einem großen Blech voller Teigungetüme herein. »Schau, Mami, schau her, Tom, sind die nicht toll? Die werden jetzt gebacken!«

Nachdem sie die Kunstwerke ausgiebig bestaunt und Caroline sie wieder in die Küche getragen hatte, ging die Kleine ans Fenster und verfolgte mit dem Finger die Regentropfen, die außen am Fenster herunterliefen.

»Miß Ames und ich wollen Löwenzahnblätter suchen, sobald es aufhört zu regnen. Wir wollen in den Wald bei Mallam gehen und Donald im Wagen mitnehmen. Glaubt ihr, daß es vielleicht doch noch einmal aufhört zu regnen?«

»Aber ja«, sagte Tom. »Du mußt nur fest daran glauben. Irgendwann, früher oder später, wird es aufhören.«

HEYNE BÜCHER

Romantic Thriller

1898	Willo Davis Roberts **Das Schloß auf den Klippen**	1919	Janet Lovesmith **Vermächtnis der Furcht**
1899	Sandra Shulman **Der verhängnisvolle Geburtstag**	1920	Jill Tattersall **Das Geheimkabinett**
1900	Mary Linn Roby **Das verräterische Tagebuch**	1921	Anne Eliot **Zwischenfall in der Villa Rahmana**
1901	Elizabeth Peters **Das Geheimnis der Sieben**	1922	Phyllis A. Whitney **Schneefeuer**
1902	Velda Johnston **Tagebuch des Todes**	1923	Elizabeth Peters **Das Geheimnis der alten Schriftrollen**
1903	Jan Alexander **Das tödliche Mißverständnis**	1924	Dorothy Daniels **Die Plantage des Todes**
1904	Jill Tattersall **Die unheimliche Hexe**	1925	Anne Maybury **Das Mädchen auf dem weißen Delphin**
1905	Mary Linn Roby **Das schreckliche Geheimnis**	1926	B. A. Pauley **Das Band des Blutes**
1906	Virginia Coffman **Die Tote auf der Treppe**	1927	Alexandra Cordes **Eine Tote will nicht sterben**
1907	Dorothy Eden **Der Maler der lebenden Toten**	1928	Barbara Michaels **Die Braut des Teufels**
1908	Ariadne Pritchett **Das Zimmer des Schreckens**	1929	Elsie Cromwell **Der Graf und die Gouvernante**
1909	Daoma Winston **In der Tiefe lauert der Tod**	1930	Jill Tattersall **Das Geheimnis der Abtei**
1910	Helen Arvonen **Die Botschaft des Sterbenden**	1931	Phyllis A. Whitney **Stimmen in der Nacht**
1911	Dewey Ward **Die Frau, die sich nicht erinnern wollte**	1932	Elsie Lee **Ein Herz in Gefahr**
1912	Cynthia Kavanaugh **Todesglocken läuten die Hochzeit ein**	1933	Lindsay March **Flitterwochen des Schreckens**
1915	Dorothy Eden **Die entführte Braut**	1934	Jaqueline La Tourette **Die Hexe vom Madonnenfluß**
1916	Julie Wellsley **Das Schloß auf dem Berg**	1935	Clarissa Ross **Schatten über dem Garten**
1917	Elizabeth Peters **Gefährliche Begegnung**	1936	Barbara Michaels **Gefangene der Liebe**
1918	Velda Johnston **Zwischenspiel in Venedig**	1937	Maxine Reynolds **Der Palast des Sultans**
		1938	Barbara Cartland **Der Verdacht des Herzogs**

Preise: DM 2,80 bis DM 5,80

WILHELM HEYNE VERLAG · MÜNCHEN 2

HEYNE
TIERKREIS-BÜCHER

In diesen neuen, sorgfältig edierten Bänden beschreibt Wolfgang Döbereiner verständlich und ausführlich die Strukturbilder der 12 Zeichen des Tierkreises. Hervorzuheben ist die klare, verständliche Darstellung; dem Leser wird ein neuer und fesselnder Einblick in das Wesen der Sterndeutung offenbar. Klar und einfach zu handhabende Anleitung mit Aszendenten-Tabellen ermöglichen eigene astrologische Berechnungen.

**JEDER BAND
NUR DM 3,80**